O CAMINHO DA VINCI

HUCK FINN

O CAMINHO DA VINCI

GUIA DE VIAGEM IMAGINÁRIA PELOS ESCONDERIJOS DO *CÓDIGO*

temas'de hoje.

Capa *Luli Radfahrer*
Revisão *Miyuki Kishi e Paulo Coelho Mendes*
Projeto Gráfico *Luli Radfahrer*
Ilustrações *Eco Moliterno e Luli Radfahrer*
Produção *Paula Romano*

Imagens *Acervo pessoal do autor, exceto quando identificadas*
Imagem da capa *Mona Lisa de Leonardo da Vinci. Museu do Louvre, Paris*

Dados Internacionais de Catalogação na Publicação (CIP)
(Câmara Brasileira do Livro, SP, Brasil)

Finn, Huck
O caminho Da Vinci : guia de viagem imaginária pelos esconderijos do Código / Huck Finn. -- São Paulo : Editora Planeta do Brasil, 2005.

ISBN 85-7665-130-0

1. Brown, Dan, 1964- . O Código Da Vinci - Crítica e interpretação 2. Cristianismo na literatura 3. Viagens - Narrativas pessoais 4. Viagens imaginárias I. Título.

05-8083 CDD-910.4

Índices para catálogo sistemático:

1. Lugares citados : Código Da Vinci : Viagens : Narrativas pessoais 910.4

2006
Todos os direitos dessa edição reservados à
EDITORA PLANETA DO BRASIL LTDA.
Av. Francisco Matarazzo, 1500
Edifício Nova York - 3º andar - cj. 32B
05001-100 - São Paulo-SP
vendas@editoraplaneta.com.br

Sumário

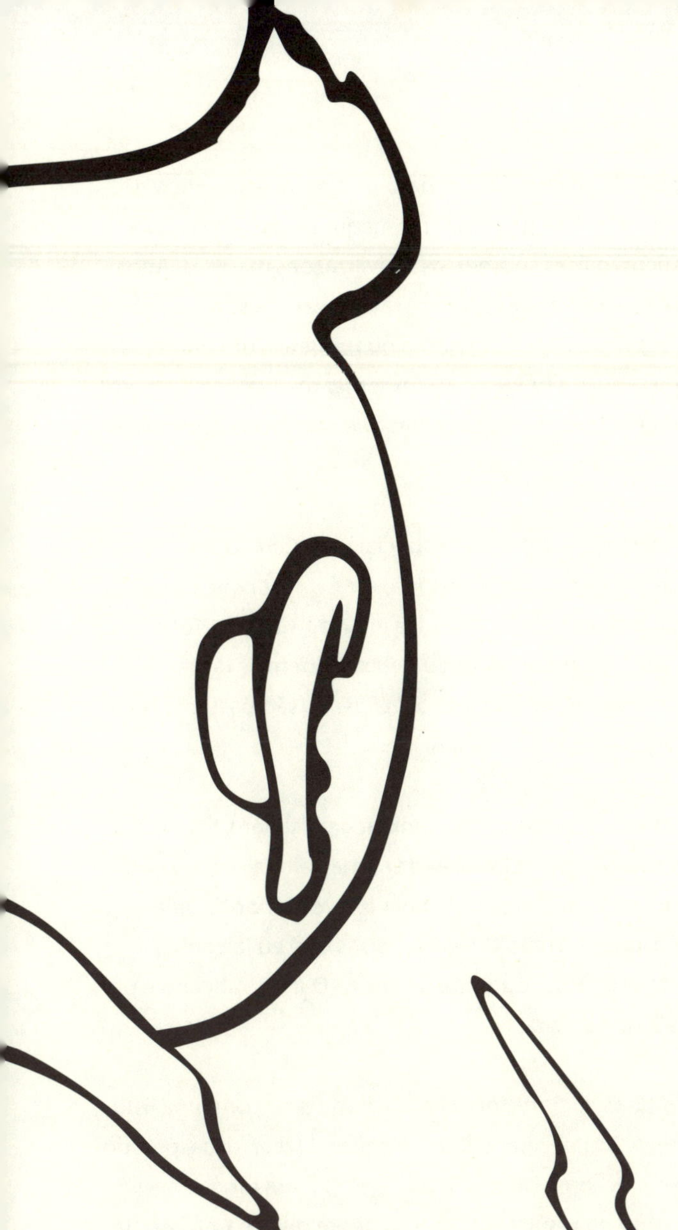

Introdução: viagens são feitas com a imaginação

Meu primeiro guia de viagem foi um pato mal-humorado. Ele me ensinou a nadar em dinheiro e a pilotar máquinas estranhas para lugares fantásticos, países submersos e civilizações mágicas. Anos mais tarde, quando não me levavam para passear em submarinos com a forma de tubarão, navios de pirata ou foguetes, um marinheiro reformado, um repórter belga e seu *fox terrier* me hospedavam em um castelo . Donald e Tintin me mostraram que não há viagem que possa competir com a imaginação.

Foi isso que me despertou interesse especial pelo *Código Da Vinci*. Mais que um romance com arte e história, ele é um convite para uma viagem imaginária. Ele não se passa em *Hogwarts*, na Terra Média, ou mesmo em outro século ou galáxia. Por mais fantásticas que pareçam, a *Temple Church* e a *Capela Rosslyn* são bastante reais e estão ao alcance do próximo avião.

Apesar da vontade de parar para examinar a paisagem, li o livro rapidamente, como todo mundo. Ao terminar, ainda pensava em lugares de que nunca havia ouvido falar (*Castel Gandolfo* ou a *Chapter House*, por exemplo). Mesmo coisas que eu já conhecia – cadernos do Leonardo, Catedral de Notre-Dame, Vaticano – pediam uma segunda visita.

Como muitos, já tinha ido a Paris e Londres – com uma lista enorme de lugares para visitar e coisas a fazer, desesperado para ver o máximo no mínimo de tempo, em uma espécie de "turismo de resultados" (e tem gente que chama isso de *aproveitar* a viagem). No fim das contas, via um pouco de tudo e voltava das férias ainda mais cansado do que havia saído. Com um monte de fotos, lembranças e compras, jogadas de qualquer jeito na mala.

Não deveria ser assim.

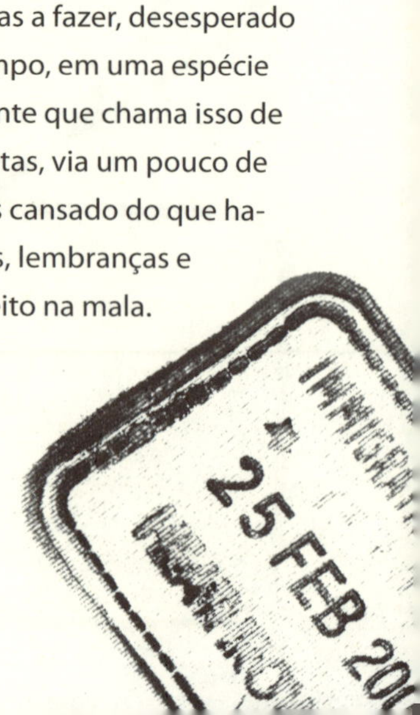

Certa vez me disseram que a única forma decente de conhecer uma cidade é alugar um apartamento por 15 a 30 dias. Assim se pode passear pela vizinhança, cozinhar um jantar comprado no supermercado, ouvir estações de rádio locais e sentir na pele a atmosfera do lugar. Como isso é muitas vezes financeiramente inviável, resolvi propor algo diferente.

Em vez de tentar absorver cidades, regiões ou culturas inteiras, imaginei uma visita somente aos lugares citados no *Código Da Vinci*, sem nenhuma pretensão além de examinar com calma as cenas que a história mostrou correndo.

Embora seja difícil definir o resultado, ele saiu melhor que eu imaginava, , pois é uma mistura de diário com lista de recomendações para os 34 tópicos que mais me chamaram a atenção. Levei muito mais que 24 horas para percorrer o caminho inteiro, o que absolutamente não foi um problema. Ao contrário dos personagens do livro, não era fugitivo da polícia, nem tinha motoristas ou aviões particulares, muito menos facilidades alfandegárias. Com mais tempo e abastecido de *gelatti* em *piazze*, *crêpes* em *boulangeries* e *pints* em *pubs*, pude saborear a paisagem e observar mais detalhes que a trama não teve tempo para mostrar.

Não pretendo ser uma fonte de informação mais abrangente que jornalistas especializados ou livros como *Frommer's*, *Fodors* ou *Guia Visual*. Prefiro ser aquele seu amigo turista que já esteve lá e lhe emprestou o diário cheio de anotações sem compromisso. Impressões são menos práticas que frases em línguas estrangeiras, listas de hotéis ou restaurantes, porém mais intensas.

Este livro pode ser lido de muitas formas. Recomendo que você o leia várias vezes. Para cada leitura, um espírito. Para cada espírito, novas descobertas. Para cada lugar, impressões, curiosidades e desafios. No final, seu passaporte pode não estar carimbado, mas certamente você terá algumas coisas a contar àqueles que foram a todos os lugares e não trouxeram nada além de *souvenirs*, fotos, camisetas e cartões-postais.

Em vez de um guia, um CADERNO

Guias de viagens são um tipo especial de livro. Se forem técnicos demais, correrão o risco de estragar a mágica do lugar; se forem muito pessoais, deixarão informações importantes de lado. Esse é o risco que pretendo correr aqui. Ele vale porque conheço as atitudes mais comuns com relação a guias e nenhuma delas me entusiasma:

Muita gente os compra antes de viajar. Com a correria da arrumação das malas, acaba esquecendo de olhá-los e só vê as recomendações depois da volta. Existem os ortodoxos que os seguem como se fossem livros místicos e só olham ou fazem o que for descrito ali, deixando excelentes oportunidades de lado.Os que compram vários guias antes de ter certeza se viajarão e mal chegam a desembrulhá-los. Os que compram guias de países ou regiões, mesmo que visitem só uma ou duas cidades, e acabam por carregar um livro enorme até desistir do peso morto. Os que fazem tudo pela internet. Os adeptos de guias na língua local, que realmente acreditam que aprenderão o idioma enquanto visitam os lugares.

Para propor algo diferente, abri mão dos guias para escrever um caderno. As informações contidas nele são quase tão importantes quanto as impressões. Em suas páginas, posso ser vândalo: desenho mapas, escrevo impressões, rabisco idéias na margem, puxo setas, rasuro, dobro e marco as folhas a ponto de ficarem quase irreconhecíveis.

Gosto de guias e jornais especializados e não tenho pudor em dizer que eles são importantes fontes de referência para meus cadernos de anotações. Em cada dia da viagem, copio ou colo com fita adesiva alguns trechos e monto um roteiro de acordo com meu estado de espírito. Ao contrário dos itinerários padrão, que parecem se esquecer que a pessoa pode estar cansada, resfriada, ter escolhido um sapato ruim, não ter almoçado ou simplesmente já ter visto coisas demais, o meu é absolutamente personalizado – para mim, embora acredito que seja útil para muitos.

O que você tem nas mãos é a reprodução (passada a limpo) de um caderno, que foi inspirado pela atmosfera do *Código Da Vinci*. Espero que você se divirta e, se possível, que o estimule a escrever um também. Eles podem ser feitos a qualquer dia, em qualquer lugar.

Considerações importantes

Algumas coisas sobre este caderno, já que não é um gênero comum:

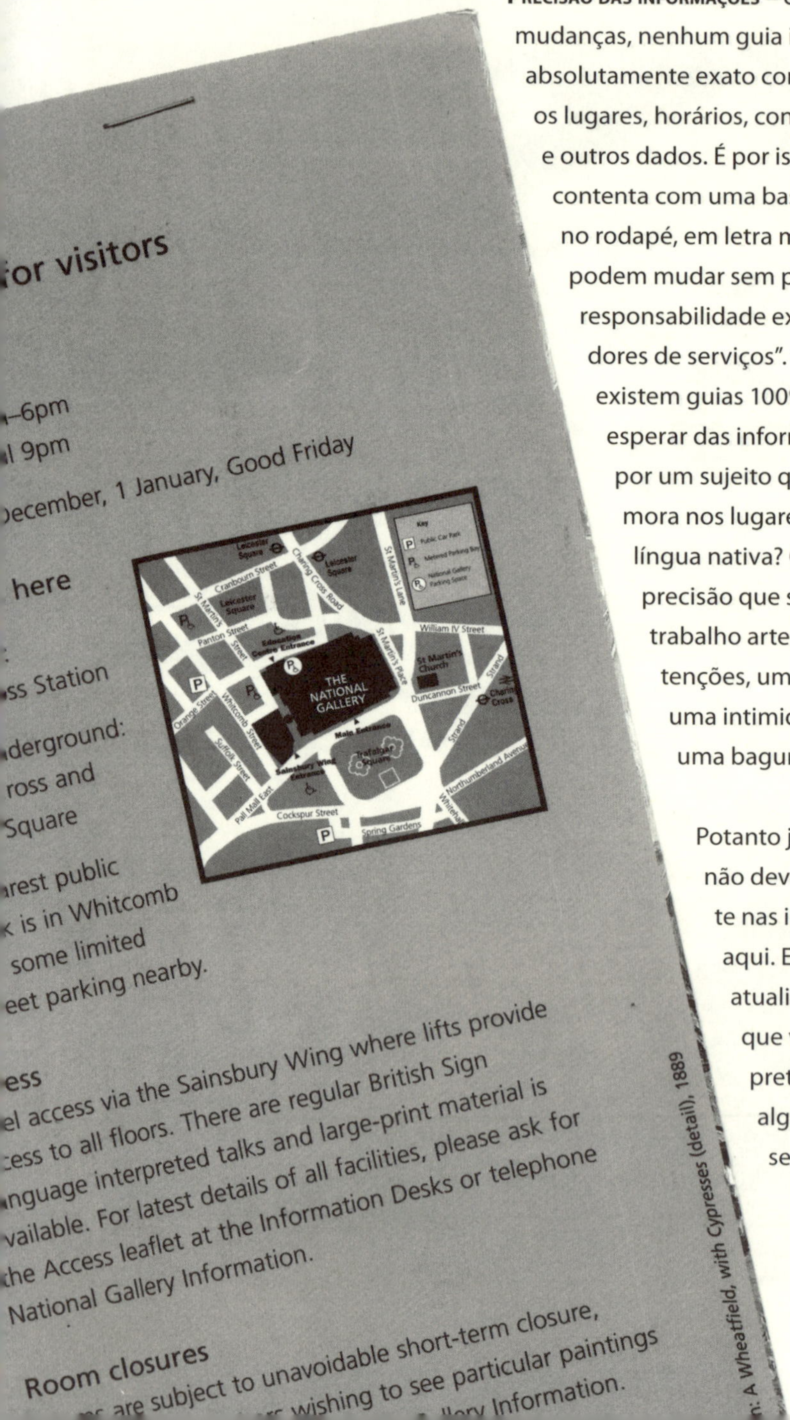

Precisão das informações – com a velocidade das mudanças, nenhum guia impresso pode ser absolutamente exato com relação a todos os lugares, horários, conduções disponíveis e outros dados. É por isso que a maioria se contenta com uma base aceitável e escreve no rodapé, em letra miúda, que "os horários podem mudar sem prévio aviso e são de responsabilidade exclusiva dos prestadores de serviços". Se nem na internet existem guias 100% atualizados, o que esperar das informações fornecidas por um sujeito que não nasceu nem mora nos lugares visitados e mal fala a língua nativa? Ora, o mesmo grau de precisão que se espera de qualquer trabalho artesanal: a melhor das intenções, um sabor inconfundível, uma intimidade aconchegante e uma bagunça divertida.

Potanto já adianto que você não deve confiar cegamente nas informações que vê aqui. Em me empenhei em atualizá-las, e recomendo que você faça o mesmo se pretende viajar – vai que alguma coisa mudou nesses últimos 15 dias?

Objetos colados e sua reprodução – sei de muita gente que guarda mapas, programas e *tickets* usados só para fazer volume na mala e jogar tudo fora na primeira limpeza de gavetas. Outros batem centenas de fotos só para guardá-las em algum canto até nem lembrarem direito do que se tratam, ou mesmo por que foram tiradas. Os perfeccionistas fazem álbuns impecáveis com os papéis que trouxeram, incluindo mapas, cartões-postais e fotos, mas não escrevem nada a respeito, e sua mensagem também se perde.

Como eles, eu coleciono a papelada e tiro muitas fotos, só que colo tudo em um caderno durante a viagem. É uma opção mais – como dizer? – orgânica. Registra a experiência na hora, com o frescor e as impurezas do local. A reprodução de todos os objetos colados seria inviável, por isso eles foram fotografados e impressos. O resultado não é tão tridimensional, mas garanto que encaixa melhor na estante.

Enigmas – como o título da obra diz, o *Código Da Vinci* é uma história que busca desvendar um código. Achei boa a idéia e resolvi fazer o mesmo por aqui, propondo um desafio para cada tópico. A solução está colocada de cabeça para baixo no final de cada capítulo. Para cada desafio há uma resposta certa e uma errada, sempre relacionadas a outros tópicos. No final do livro, uma tabela resume os desafios e respostas. Evite olhar para ela.

Caixinhas de fósforos: pra que juntá-las se depois temos pena de gastá-las?

Se você (ainda) não leu o *Código Da Vinci*...

...você deve pertencer a uma sociedade secreta, o *Priorado Dos Que Não Leram O Código Da Vinci*. Estima-se que sejam aproximadamente 600 membros por todo o mundo. Brincadeiras à parte, fique tranqüilo: este livro não vai estragar surpresas nem revelar detalhes guardados em suspense. Ao contrário, talvez até aumente seu interesse em lê-lo. O que comento da história está escrito em qualquer resenha, na capa de trás do livro ou no máximo até o capítulo 10 (são 105, no total).

Para que você não fique por fora, tudo começa com um assassinato. A vítima é o curador do Museu do Louvre, que guarda um segredo milenar e tem mais ou menos 15 minutos para deixar uma pista antes de morrer. Agonizante, ele escreve algumas frases em código e deixa um objeto atrás da moldura de um quadro de Leonardo da Vinci. Suas indicações levam a questionamentos sobre o Cristianismo, cultos pagãos, hermetismos, evangelhos perdidos, sociedades secretas e vários lugares interessantes em Londres, Paris e no Vaticano. São segredos tão importantes que membros do *Opus Dei*, uma das mais importantes organizações católicas, buscam destruir e... o que eu tinha a dizer sobre o *Código Da Vinci* acaba por aqui.

Duas perguntas, no entanto, não são óbvias para quem não leu:

1. Por que um roteiro de viagens sobre um romance policial?

O *Código Da Vinci* é essencialmente visual. As cenas são descritas com precisão e – o que é mais importante – elas acontecem em lugares bastante conhecidos. Por causa disso, muitos leitores se imaginam nas cenas dos crimes e, quando têm a oportunidade de visitar essas cidades, não deixam de visitá-las. Tanto é que a *Capela Rosslyn*, na Escócia, teve multiplicado seu número de visitantes desde o lançamento do livro.

2. Já não existem guias DEMAIS sobre Leonardo da Vinci, Maria Madalena, Santo Graal e Sociedades secretas?

Nunca existirão livros *demais*, qualquer que seja o tópico. O *Código Da Vinci* provocou uma imensa curiosidade e, naturalmente, muitos livros para explicar os temas tratados.

O meu não é um deles. Só pretendo mostrar os lugares, sem dúvida o que mais me fascinou. Afinal, segundo seu autor, "todas as descrições de obras de arte e arquitetura (...) correspondem rigorosamente à realidade".

Além do mais, alguém precisa de desculpa para viajar?

Mona Lisa. Leonardo da Vinci. Museu do Louvre, Paris.

Para os outros ~~25~~ 36 MILHÕES

(segundo as últimas estimativas)

Se você não leu o Código Da Vinci, evite ler este capítulo – só este. Não que conte a história, mas como toca em alguns assuntos citados no livro, pode estragar algumas surpresas.

Dependendo do ponto de vista, a história pode acontecer em 24 horas ou pouco mais dedois mil anos. Como trata de assuntos ligados à religião, é natural que cause polêmicas e opiniões apaixonadas. Mais do que isso, acredito que crie em qualquer leitor a curiosidade em saber MAIS. Sobre a Igreja Católica, prelazias e sociedades secretas, rituais pagãos, anagramas, símbolos e, é claro, mais sobre uma figura tão fascinante quanto o *Leonardo di ser Piero*, que veio da cidade de Vinci (por isso o nome *Leonardo da Vinci*).

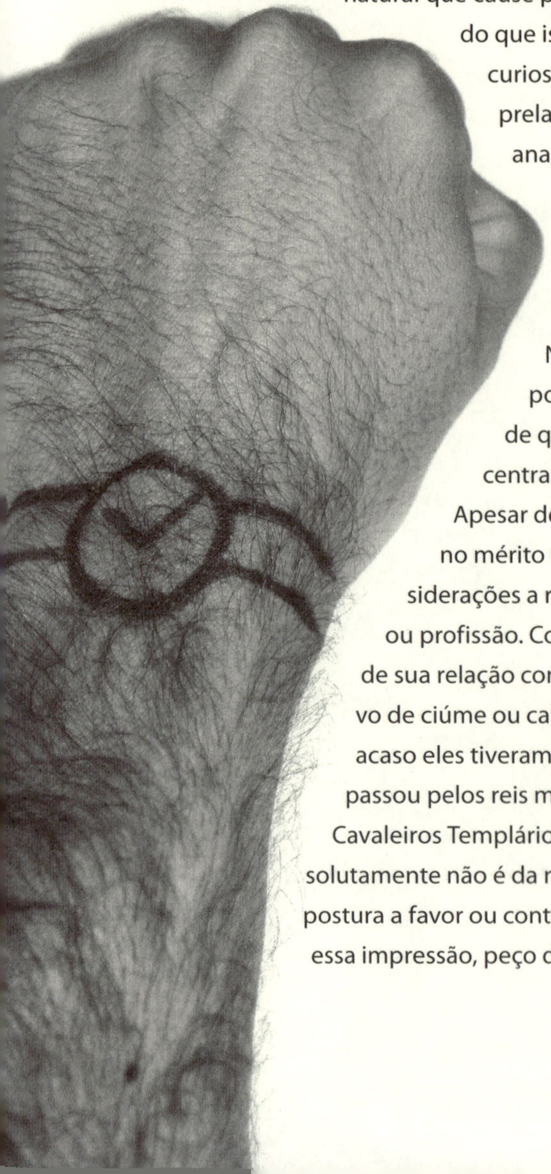

Não sou exatamente uma pessoa religiosa, por isso foi razoavelmente fácil passar ao largo de questões filosóficas e históricas para me concentrar nas artísticas, arquitetônicas e geográficas. Apesar de serem assuntos interessantes, não entrarei no mérito de quem foi Maria Madalena, nem fará considerações a respeito de sua personalidade, poder, família ou profissão. Confesso minha total ignorância a respeito de sua relação com Jesus ou mesmo se isso teria sido motivo de ciúme ou calúnia por parte de algum apóstolo. Se por acaso eles tiveram algum filho, gerando uma linhagem que passou pelos reis merovíngios franceses e foi protegida pelos Cavaleiros Templários e Priorado de Sião até os dias de hoje, absolutamente não é da minha conta. Tampouco assumirei qualquer postura a favor ou contra a Igreja Católica. Se em algum instante der essa impressão, peço desculpas desde já.

Jardim das Delícias, Hieronymus Bosch. Museu do Prado, Madri.

Colocar símbolos em quadros, esculturas e monumentos tampouco é novidade, muito pelo contrário: foi prática comum durante muito tempo, já que eles são de fácil compreensão e não custa nada lembrar que a maioria da população mundial era analfabeta até o início do século XX. O pintor *Hieronymus Bosch*, por exemplo, também escondia vários símbolos em seus quadros (como o *Jardim das Delícias*, citado indiretamente no livro). Ele está longe de ser exceção. Há significados ocultos em quase todas as pinturas clássicas, e só isso já seria tema de alguns doutorados.

Mesmo que haja algum segredo oculto nas pinturas de Leonardo da Vinci, não acredito que isso as torne menos belas, e é disto que trato aqui. Em vez de tentar descobrir elementos "secretos" na trama, me contento em admirar a beleza dos lugares e formas apresentados.

Como se sugeriu no fim da história, pode-se ir a Florença só para namorar. Por isso, em vez de imaginar como seriam os personagens ou se suas descobertas são válidas, permita-se ser um deles e se deslumbrar com o mundo mágico que se descortina à sua frente. Se você já visitou esses lugares, tente relembrar. Um termo mais adequado talvez seja reexperimentar.

Largue folhetos, câmera, guias, sacolas e dicionário e divida comigo um *croque-monsieur* à beira da *Champs-Elysées*. Enquanto você pedia um suco, um *SmartCar* acabou de descer furiosamente a avenida, rumo à Embaixada Americana.

Se você pretende seguir viagem

De uma forma mais ou menos lógica.

Logo no início do capítulo 3, o autor situa o *Código Da Vinci* em abril. Provavelmente de 2001, pois as medidas antiterrorismo promovidas pelas principais nações européias a partir daquele 11 de setembro tornaram as fronteiras dos países e a segurança de lugares como o Museu do Louvre ou a Abadia de Westminster mais rígidas. Este plano de viagem, portanto, foi feito para a mesma época – a primavera, quando os dias ainda são frescos e as noites não tão geladas no hemisfério norte.

Acertada a estação, percebi que seria bom colocar os tópicos acompanhando a ordem da história, embora não faça sentido um roteiro de viagem que saia de Paris para ir ao Vaticano, volte, siga para a Itália, de lá para a Turquia e depois volte para sair de novo. Por isso escrevi este capítulo, uma pequena recomendação de roteiro com as regiões citadas em uma seqüência mais ou menos lógica.

Rota

mais ou menos lógica para visitar os lugares deste livro:

A. Edimburgo
B. Londres
C. Normandia
D. Chartres
E. Paris
F. Castelos
G. Marselha
H. Rennes-Le-Château
I. Florença
J. Roma
K. Vaticano
L. Istambul
M. Jerusalém

Se você pretende usar este livro como companheiro de viagens, siga estas sugestões deste capítulo, para não dar voltas à toa:

Nossa viagem começa em ***Edimburgo***, na Escócia. A cidade de *Roslin* (tópico 28) situa-se a pouco mais de 10 Km dali e tem uma linha regular de ônibus cuja parada final fica perto da ***Capela Rosslyn***. Nem pense em seguir de lá para ***Londres*** (tópicos 22 a 27 e 33) de trem. A Grã-Bretanha é famosa pelo clima chuvoso e frio, por isso a paisagem ferroviária não é tão bacana. Muitas empresas aéreas fazem a rota quase pelo mesmo preço com maiores opções de horário e em um terço do tempo.

De lá, rumo a ***Paris*** (tópicos 1 a 5, 9, 12, 18 e 32). Em um dia claro é possível ver o Canal da Mancha, como fizeram os personagens a bordo de um jato particular. Sua rota, no entanto, será no sentido contrário. Para ter uma visão equivalente à deles você deveria sair do campo de *Le Bourget* (sudeste de Paris), com destino ao campo de *Biggin Hill* (em *Kent*, cidade a noroeste de Londres) um pouco antes das seis da manhã. Se der sorte, poderá até ver o sol nascer. As maiores chances, porém, são de o vôo acontecer à noite e estar nublado na ilha, portanto o investimento não compensa.

As opções mais em conta de Londres a Paris são mesmo avião comercial ou trem de alta velocidade – o famoso *Eurostar*. Não acho que a paisagem compense. O trem anda rápido demais e o túnel sob o Canal da Mancha nada mais é que um túnel muito longo, sem grandes emoções (só em *Missão Impossível* acontecem coisas emocionantes – e impossíveis – dentro dele). Você também pode pegar um trem da *National Rail* até *Dover* e de lá tomar a balsa até *Calais*. A vista é interessante e mostra como são corajosos os que percorrem esse trecho a nado.

Se for por ali, veja a ***Normandia*** (tópico 10) antes de seguir para a capital francesa. Alugue um carro para visitar a região.

I

Essa opção oferece maior liberdade e permite a você conhecer paisagens e castelos excepcionais. O mesmo vale para a região do ***Château de La Villette*** (tópico 17). Se for direto a Paris, reserve uns três dias para ver bem essas áreas.

J

Seguindo em direção ao sul, você pode ter um contato próximo com o ambiente da vida pregressa de um dos personagens antes de se tornar monge (tópico 8).

K

Boa parte dela acontece na região portuária de ***Marselha***, cidade bastante animada e paraíso gastronômico. O *TGV*, trem expresso, chega lá em 3 horas. Apesar da alta velocidade, ele mostra um bom aperitivo da paisagem. A partir daí, passear pelo litoral recortado da *Côte D'Azur* ou pelos campos floridos de girassóis e alfazemas da *Provence* são excelentes opções. Seguir fielmente a peregrinação do personagem não é tão interessante, mas você pode subir os Montes Pirineus a caminho de ***Rennes-Le-Château*** (tópico 29), se quiser meditar pelos parques nacionais.

Outra opção é sair de Marselha sentido leste pelo litoral, de trem ou carro alugado (se guiar, cuidado com os *Porsches* e *Ferraris* pelo caminho), cruzar o Principado de Mônaco e entrar no norte da Itália até ***Florença*** (tópico 30). Nada acontece ali – nada que diga respeito ao livro, entenda-se. A cidade foi incluída no roteiro por sua importância para Leonardo da Vinci e para que você se imagine descansando depois de uma correria atrás do Santo Graal. Se possível, saboreando uma taça do excelente vinho da região, *Brunello de Montalcino*.

Diz-se que todos os caminhos levam a ***Roma*** (tópicos 19 e 34), mas se considerarmos a forma com que os italianos costumam guiar nas *autostradas*, talvez seja melhor continuar de trem. Se vier direto de Paris, pegue um avião. Nada compensa o massacre de 15 horas em um vagão. A partir dali, a visita ao ***Vaticano*** (tópicos 6 e 19) é tão fundamental quanto automática, já que a cidade-estado está cercada de Roma por todos os lados. ***Castel Gandolfo*** (tópico 13) não está longe: 30Km a sudoeste, facilmente percorridos em transporte público.

Para seguir a ***Istambul*** (tópico 19) e ***Jerusalém*** (tópico 14), a coisa complica um pouco. Essas cidades tampouco fazem parte da trama, só são citadas pelos personagens quando contam o caminho do Graal, a vida do Imperador Constantino e os locais da descoberta de vários manuscritos importantes. São fascinantes, mas você não precisa ir até lá para ilustrar o *Código Da Vinci.* Sem contar que pode enfrentar limitações de visto, língua e tempo (sem falar, é claro, do custo da viagem). Se for, vá de avião.

Como deu para ver, visitar todas as cidades citadas no *Código Da Vinci* pode custar um tempo, dinheiro e esforço acima do aceitável para se ver os lugares onde se passa uma história. Reduzir a rota para as redondezas de Paris, Londres, Edimburgo e Vaticano cobre 100% dos lugares em que os personagens pisaram.

Se quiser seguir só o caminho dos protagonistas, Paris e Londres dão conta de quase 90%.

É importante ressaltar que alguns tópicos deste livro podem ser completados em horas, outros demandam dias e existem aqueles que nem são visitáveis.

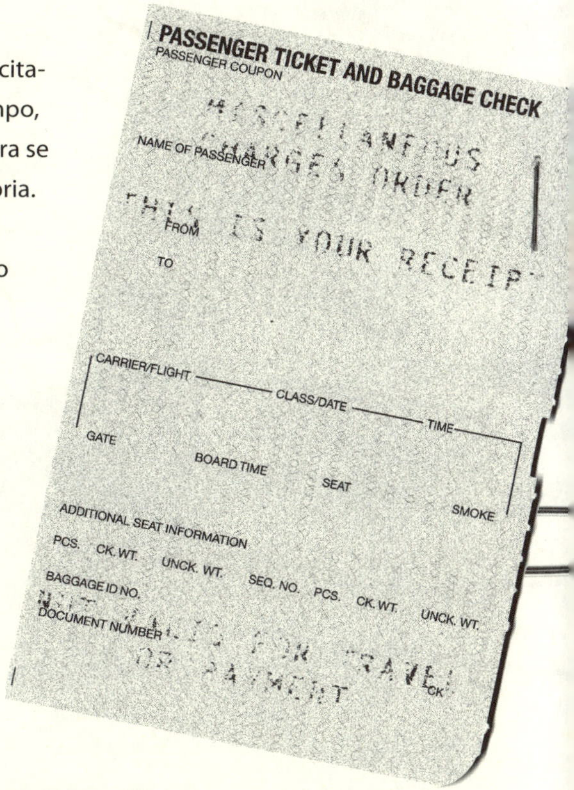

Viagens, como já disse, são feitas com a imaginação.

Agora chega de conversa. O Louvre nos espera. *Bon voyage.*

1. *Museu do Louvre*

Paris, França

Tem sempre tanta gente fotografando e filmando a Mona Lisa... será que alguém consegue simplesmente OLHAR para ela?

O Louvre é enorme. Não que isso seja novidade, Paris sempre teve mania de grandeza. Mas a realidade é que seu tamanho impressiona até quem está acostumado com gigantes como o Arco do Triunfo e a Torre Eiffel. Mesmo que não fosse museu nem tivesse uma única obra de arte, só a construção já impressionaria.

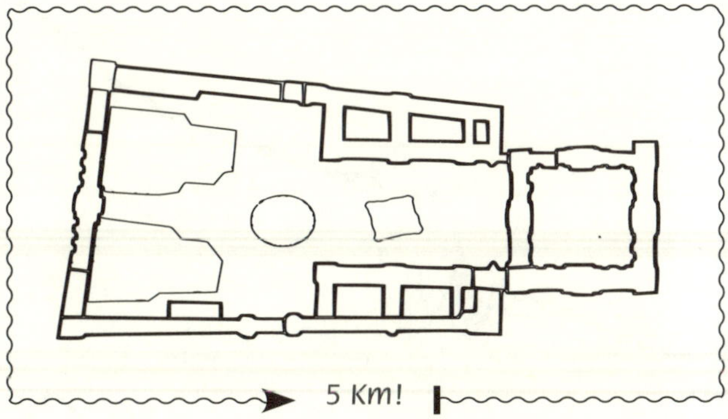

Aberto ao público pela primeira vez durante a Revolução Francesa, ele foi por um bom tempo o maior palácio da Europa. Por isso já aviso: visitá-lo demanda muito tempo e disposição. Para dar a volta ao redor desse antigo palácio medieval, você vai andar quase 5 quilômetros. Lá dentro, muito mais. É bom usar um sapato confortável, senão os objetos de que mais vai gostar de ver serão os banquinhos.

Só a fila para comprar a entrada pode consumir uma hora e paciência de monge (um pouco menos se você chegar logo que o museu abre, às 10). Vale a pena planejar a visita, reservar o dia todo e, se puder, fazer duas ou três viagens. E já que você vai pegar fila de qualquer jeito, aproveite esse tempo para ler seu guia e até para usar algumas de suas dicas. De manhã, todo mundo está ansioso para sair do hotel e, à noite, cansado demais. Sob esse aspecto, a fila, já que é inevitável, pode ser bastante prática.

A famosa Pirâmide é a entrada. Por ela se desce ao nível inferior, onde ficam a bilheteria, loja e cafés. Ali você recebe um folheto com a planta de todos os QUATRO andares. Eles abrigam um dos maiores acervos de pintura medieval e renascentista do mundo, com obras-primas aos MILHARES – além das coleções de esculturas, jóias, peças decorativas e antigüidades clássicas (sem falar do que está nos porões, por falta de espaço, aguardando exibição). Cada peça em cada parede de cada sala não tem preço. O difícil é saber para onde olhar — às vezes se volta para uma sala que acabou de deixar só para olhar os afrescos do teto.

As fotos no mapa do museu ajudam a encontrar as obras neste labirinto.

Apesar do tamanho, não é difícil encontrar salas lotadas: mais de 15 mil pessoas visitam as galerias mais populares diariamente. Quase todas demoram para perceber que não dá para olhar para todas as obras, uma de cada vez.

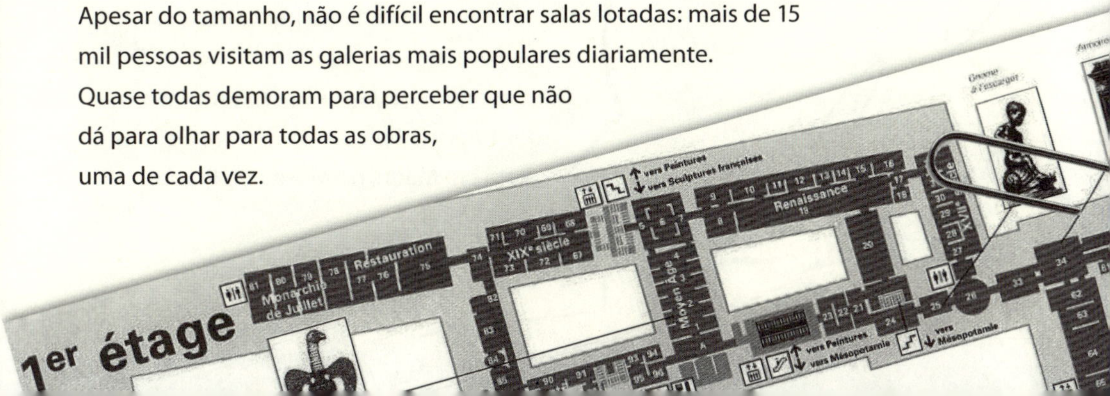

Para fazer os € 8,50 valerem, sugiro algumas abordagens diferentes. Você pode pensar, por exemplo, que o Louvre é uma coleção de museus interconectados e alguns você simplesmente não precisa ver. Ou ainda imaginar que está em uma universidade, em que cada sala tem um curso inteiro (que pode levar alguns anos para ser completado) e é impossível absorver tudo. Escolha algumas salas e aproveite bem meia hora para cada uma. Depois vá embora. Lá fora é Paris e você sempre pode voltar para ver mais coisas no dia seguinte.

A Vitória Alada fica no patamar de uma escadaria, escondida entre dois pisos.

Muita gente vai lá exatamente com esse objetivo: estudar. Copiar obras, comparar pintores e escolas, acompanhar palestrantes em cursos práticos ou simplesmente ver melhor este ou aquele quadro.

Outra forma divertida pode ser encará-lo como se estivesse em um parque, olhando a paisagem sem interesse específico. Se algo me chama a atenção, vou até lá e anoto o nome do autor em um caderno para pesquisar mais tarde. Foi assim que eu descobri a *Grande Odalisca (de Ingres)* e meu predileto, *a Barca dos Tolos*, de *Bosch* (o *Jardim das Delícias* está em Madri, no Museu do Prado).

A barca dos tolos, Hieronymus Bosch. Museu do Louvre, Paris.

Se você gostar de uma exposição em especial, tente pensar no que passou pela cabeça do curador ao organizá-la. Qual foi seu critério, por que as obras estão dispostas daquela maneira e assim por diante.

Em vez de fotografar os quadros (você sempre poderá comprar um postal muito melhor, sem contar que não vai tomar uma bronca do segurança), experimente examiná-los como se fossem fotografias — repare no enquadramento e nas cores que o pintor usou para reproduzir luzes e sombras. É uma das coisas mais difíceis em pintura e, muitas vezes, especial até por permitir o que é impossível na natureza.

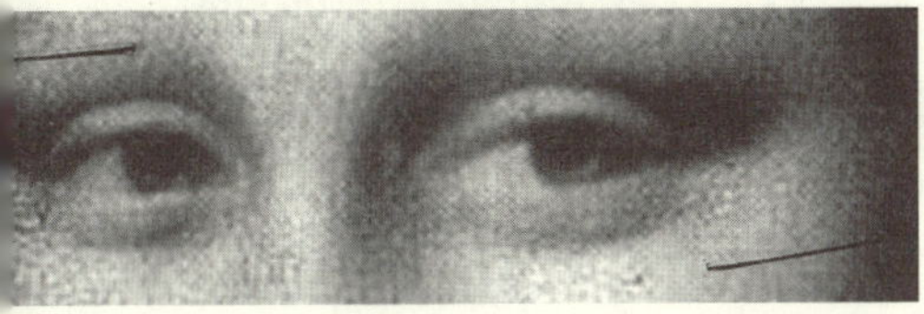

Mona Lisa. Leonardo da Vinci. Museu do Louvre, Paris.

A sombra preta no supercílio da Mona Lisa é um bom exemplo desse uso de luzes e sombras.

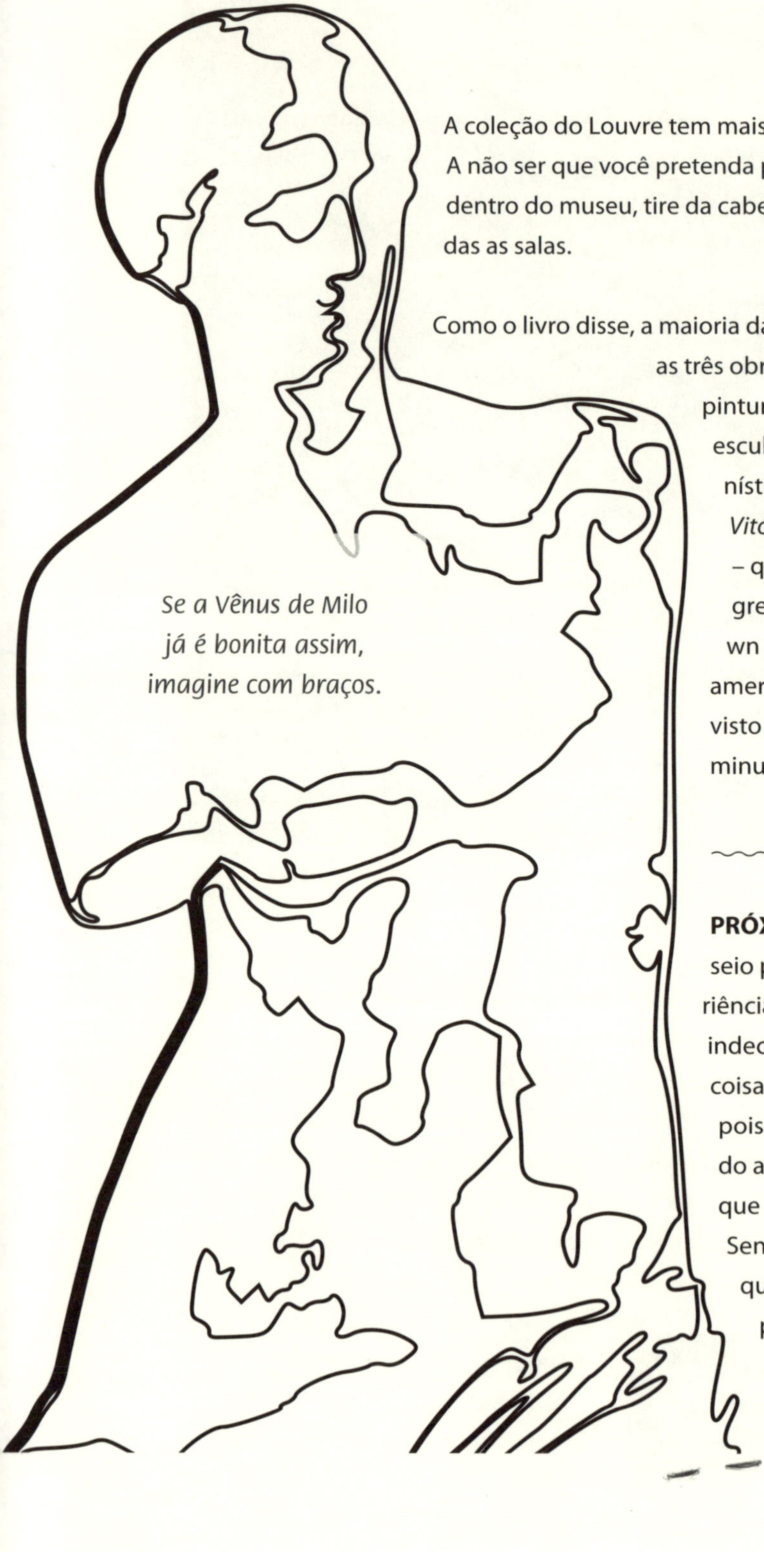

Se a Vênus de Milo já é bonita assim, imagine com braços.

A coleção do Louvre tem mais de 35 mil obras de arte. A não ser que você pretenda passar um mês inteiro dentro do museu, tire da cabeça a idéia de visitar todas as salas.

Como o livro disse, a maioria das pessoas vai lá para ver as três obras mais populares: uma pintura (a *Mona Lisa*) e duas esculturas do período helenístico (a *Vênus de Milo* e a *Vitória Alada da Samotrácia* – que representa a deusa grega *Nike*, da vitória). Brown comenta que o escritor americano Art Buchwald teria visto as três em menos de seis minutos. Azar dele.

PRÓXIMOS PASSOS: O passeio pelo Louvre é uma experiência tão intensa que seria indecente propor qualquer coisa relacionada a arte depois dele. Para você se livrar do ar condicionado, sugiro que vá até a margem do rio Sena, sente-se em um banquinho e descanse olhos e pés. Aproveite o solzinho da primavera enquanto vê a multidão passar. Essa é a praia de Paris.

Se ainda tiver pernas, passeie pelas ruas da Île de la Cité – as origens da cidade estão lá. Outra boa dica é atravessar a *Pont Neuf* e pegar um barco turístico para um passeio pelo rio. O ponto de partida dos *Bâteaux Vedettes* fica pertinho do Louvre. O filme *Antes do pôr-do-sol* mostra um pouco do espírito.

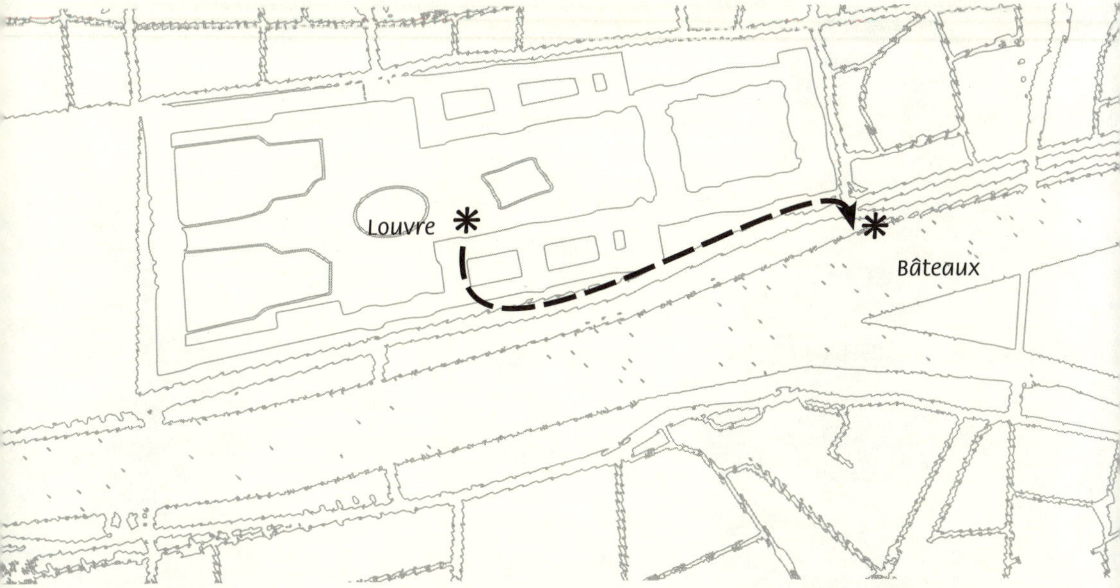

DESAFIO: Partes do prédio que abriga o Museu do Louvre foram construídas em 1190, como uma fortaleza para proteger Paris de ataques vikings. Até hoje dá para se ver a base de suas torres e o apoio da ponte levadiça no subsolo, uma área escura bem diferente das galerias. Em que outra capital européia há um museu construído à beira de um rio que já serviu como fortaleza? Para quem serviu sua passagem secreta e aonde ela leva?

RESPOSTA: *Tópico 34, Roma. O Castel Sant'Angelo foi construído à beira do Tibre. Hoje é um museu, mas já foi mausoléu e fortaleza. Sua passagem secreta leva ao Vaticano. Se você pensou em Londres (tópico 23), quase. A Torre de Londres serviu como fortaleza por muito tempo, mas não tem passagem secreta.*

2. Igreja de St. Sulpice

Paris, França

Se você conhece Paris, talvez saiba que *St. Sulpice* não é a igreja antiga e simpática que se pode ver dos cafés da região de St. Germain-des-Près. Eu não sabia e quase passei vexame: aquela é a antiga abadia que dá nome ao bairr. Valeu a visita, apesar do vexame de ficar olhando para o chão e procurando por coisas que nunca estiveram ali até conseguir me fazer entender.

Atravessando o *Boulevard Saint-Germain* e seguindo o sentido do *Jardin du Luxembourg*, logo você vai encontrar uma construção majestosa e imponente: esta sim é St. Sulpice. Ela também é conhecida como *Catedral da Rive Gauche* (margem esquerda), por ter o mesmo tamanho que Notre-Dame.

Há muito para se ver nas paredes, vitrais e altar,

embora de uns tempos para cá muita gente só olha para baixo, à procura da tal "Linha Rosa". Para facilitar a busca, já adianto que ela fica bem no meio da nave, um pouco para o lado direito. Na dúvida, é só olhar para onde estão a multidão e os *flashes*. Apesar de alguns fingirem que não a vêem, no fundo todos querem saber onde ela fica e, acredito que se não houvesse o *Código Da Vinci*, ela seria facilmente ignorada, já que parece uma emenda de piso de concreto – uma linha de latão entre placas de pedra, nada mais.

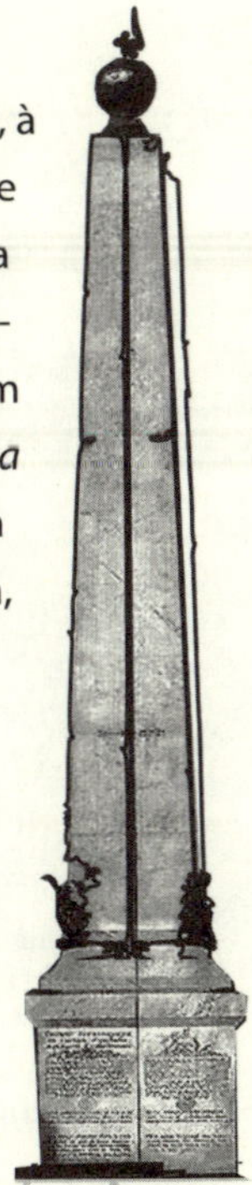

A Linha Rosa em St. Sulpice é interessante, mas não espere muito mais que uma faixa de metal no chão.

Ela registra a posição do *Meridiano de Paris (tópico 9)*, chamada no livro de *"Linha Rosa"*. Foi encomendada junto com o tão falado *Gnomon*, um obelisco, para que se pudesse calcular a posição do Sol e as datas de festas móveis, como a Páscoa. No dia mais comprido do ano, um raio de sol bate na placa de mármore que fica no fim da linha.

Qualquer um vê os dois em cinco minutos. Depois disso, fazer o quê? Sugiro olhar para cima e para os lados, ora. Seu altar é imponente (e cheio de histórias: foi onde Victor Hugo se casou e o Marquês de Sade foi batizado) e também uns afrescos espetaculares pintados por Delacroix, em especial *"A luta de Jacó com o Anjo"*.

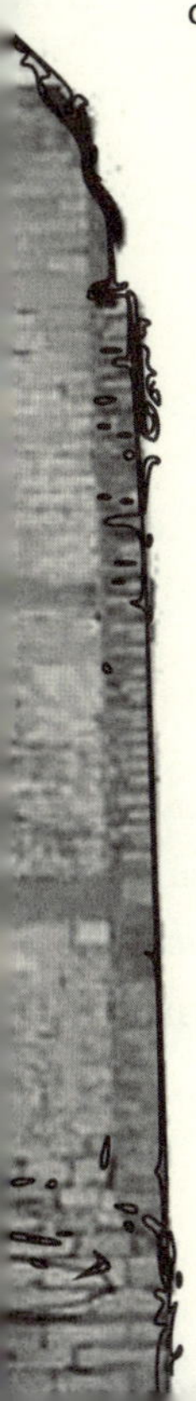

Mas a peça mais impressionante (*excusez-moi, Delacroá*) é o órgão. São quase 20 metros de altura e perto de 7 mil tubos. Acredita-se que seja mais antigo que a própria igreja. Foi reformado e ampliado diversas vezes e tocado pelos melhores instrumentistas do mundo. Se puder, tente assistir a um concerto; eles acontecem em festas católicas e ocasiões especiais, e são uma experiência transcendental, embora os bancos não sejam exatamente confortáveis.

A propósito, o nome da igreja é St. **SULPICE**, não tem nada a ver com suplício. Ele vem de uma ordem católica que homenageava um bispo com esse nome, que lutou contra a tirania dos reis merovíngios.

Ordens católicas, perseguição, merovíngios... não soa estranhamente familiar, mas com papéis trocados? Para aumentar as coincidências, 17 de janeiro é tanto o dia de *São Sulpício* quanto o de *Santa Roseline*, padroeira dos alquimistas.

PRÓXIMOS PASSOS: Sugiro aproveitar o dia para passear no *Jardin du Luxembourg*, um parque tranqüilo, com lagos, crianças, pombos e várias estátuas. Isso sem falar da vista espetacular que se tem da sede do Senado francês, no palácio de mesmo nome.

DESAFIO: Além de St. Sulpice, onde mais se podem ver marcações em metal do Meridiano de Paris pela cidade? Quando foram feitas e para que servem?

RESPOSTA: *tópico 9, Meridiano de Paris. Em homenagem ao astrônomo François Arago, uma instalação artística colocou vários medalhões pelas ruas da cidade. Se você pensou na capela de Rosslyn (tópico 28), saiba que, mesmo com esse nome, ela não tem relação com o meridiano indicado em St. Sulpice.*

A cama, Henri de Toulouse-Lautrec. Museu de Orsay, Paris.

3. *Arredores do Louvre*

Paris, França

Mesmo sendo chamado para depor em um caso de assassinato em plena madrugada, Robert Langdon não consegue deixar de reparar na beleza das construções em volta do Louvre. Não é exagero nem sangue-frio: para qualquer visitante, a região impressiona mesmo (para muitos parisienses também, mas eles disfarçam). Como não estamos sob pressão, selecionei, entre tudo o que existe por ali, três lugares relacionados ao *Código Da Vinci*. Não preciso nem dizer que muita coisa boa ficou de fora.

Em cidades como Paris, Londres ou Roma, a gente fica mal-acostumado. São tantas as coisas bonitas para se ver, que às vezes se passa em frente a uma preciosidade histórica e nem se nota.

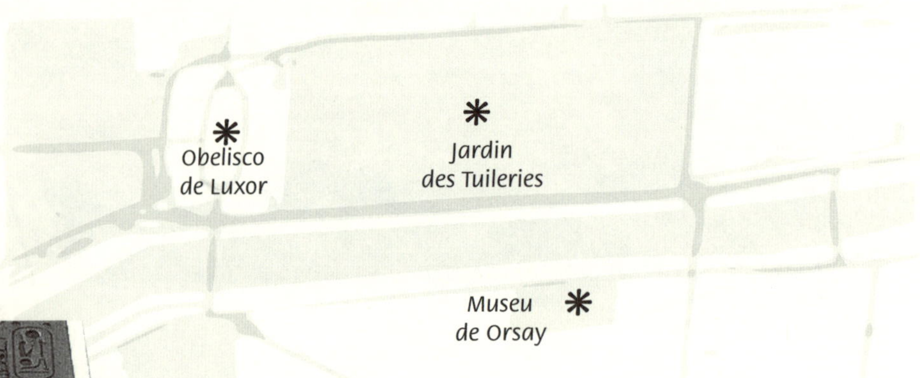

O Obelisco de Luxor é um bom exemplo. É comum ouvir relatos de gente que passou por ali, sentou-se em um degrau à beira do monumento, tomou um gole d'água, leu o guia de viagens, descansou um pouco e depois seguiu em frente sem ao menos olhar para cima. Tudo bem que ele está entre o Louvre e a *Avenue des Champs-Elysées*, mas seus 3.200 anos de idade demandavam um pouco mais de respeito. Em especial dos carros que passam furiosamente à sua volta. Será que é por coincidência que a sede da Federação Internacional de Automobilismo fica aqui?

Outro lugar interessante é o *Jardin des Tuileries,* na frente do Louvre. Muita gente vai lá depois de visitá-lo. Eu não acho uma boa idéia, pois provavelmente você estará cansado demais para passear por suas alamedas. Langdon não esconde um certo desprezo ao dizer que o jardim era um antigo lodaçal de onde se tirava barro para a confecção de telhas, por isso o nome. Bobagem, outras belas áreas de Paris – como o bairro do Marais – já foram pântanos abandonados, fato típico de cidades centenárias à beira de rios.

Le Jardin et le Palais des Tuileries en 1843.

Curioso ele não mencionar que até o final do século XIX ali ficava o *Palais des Tuileries*, quase tão importante quanto o próprio Louvre. Tanto é que existiam planos para se juntar os dois palácios, em uma espécie de complexo imperial.

O Palais des Tuileries tem uma história tumultuada: serviu como prisão domiciliar para a monarquia, foi expandido por Napoleão e atacado por várias rebeliões populares até ser finalmente incendiado em 1871. Chegaram até a pensar em reerguê-lo, mas mudaram de idéia, pois era um símbolo do Antigo Regime. Hoje em dia os planos de reconstrução enfrentam barreiras diferentes. Apesar de haver vários registros de sua estrutura e muitas de suas peças estarem guardadas em outros palácios, o custo é muito alto e a obra poderia comprometer a estrutura de outras construções das redondezas.

Atravessando o rio, é hora de visitar outro museu de Paris tão imperdível quanto o Louvre: o Museu de *Orsay*, uma antiga estação de trem e hotel, que foi restaurada e hoje hospeda alguns dos grandes nomes da pintura francesa na virada do século XIX para o XX: Toulouse-Lautrec, Degas, Rodin, Cézanne, Seurat, Renoir, Van Gogh...

Lírios, Claude Monet. Museu de Orsay, Paris.

As galerias do Museu de Orsay são o melhor lugar para se aprender, de uma vez por todas, a distinguir MOnet (que adorava pintar lírios) de MAnet (o da mulher pelada no bosque).

MOnet
MAnet

Só se confunde quem nunca viu os quadros.

Déjeuner sur l'herbe, Édouard Manet. Museu de Orsay, Paris.

O Orsay não é tão grande quanto o Louvre, mas isso não significa que a experiência de visitá-lo seja menos intensa. Valem as mesmas recomendações do capítulo 1.

Em Paris, existem museus importantes para praticamente qualquer manifestação artística – o Musée Picasso, o Centre Georges Pompidou, o Marmottan... Escolha um tema – de arte primitiva a multimídia – e saia em busca de novas descobertas. O contato com novas fronteiras da arte e pontos de vista diferentes costuma ser marcante.

PRÓXIMOS PASSOS:

Mais uma vez, chega de arte.

Depois de ver no Museu de Orsay como era a contestação cultural da Paris na virada do século, você pode se afastar alguns quarteirões do rio e avançar umas quatro décadas no tempo para encontrar outra Paris contestadora e borbulhante: a do pós-guerra.

O bairro de St. Germain-des-Près, com seus bares e cafés (como o Café de Flore e o Les Deux Magots), em cujas mesinhas apertadas na calçada muitos estudantes vestindo malhas justas, boinas e fumando sem parar debatiam idéias desproporcionais a seu poder aquisitivo. Com um pouco de imaginação dá até para vê-los discutindo filosofia existencialista, cinema da *Nouvelle Vague* e o comunismo, ao som de vitrolas tocando o ritmo americano da época, o *jazz*. Hoje a vizinhança é mais cara e elegante, mas graças a suas grandes livrarias e sebos, ainda mantém parte do clima.

Se você prefere continuar a explorar objetos históricos, acompanhe as margens do rio Sena até o *Quai Voltaire*. Lá estão algumas das melhores lojas de antigüidades da cidade. Caríssimas, mas autênticas.

DESAFIO: O Louvre está em uma área central e palco de muitos eventos históricos. Mesmo assim, o "marco zero" de Paris (ponto inicial de todas as rodovias que levam à cidade) não fica ali, apesar de também estar próximo de uma construção importante. Qual é ela e onde fica?

RESPOSTA: *Catedral de Notre-Dame de Paris (tópico 18). Ela fica na Île de la Cité, onde a cidade começou. Se você pensou no Museu do Louvre (tópico 1), quase: o antigo palácio real é perto dali, mas quando ele surgiu, a cidade já era grande.*

4. Pirâmides do Louvre

Paris, França

O parisiense tem gênio forte e não costuma concordar com os outros. Uma das raras unanimidades diz respeito à sua cidade: todos parecem amá-la de paixão.

Não há como negar que eles têm motivos de sobra para isso, mas a relação é muito ciumenta, a ponto de praticamente qualquer obra que se faça no solo "sagrado" seja alvo de um bombardeio incessante de opiniões dos mais diversos tipos. Muitas vezes, parece até haver um prazer especial em se comentar – acima de tudo, em se odiar profundamente – qualquer inovação. Com o tempo, o bom senso acaba prevalecendo e o cidadão muda de idéia, passando a ver com orgulho obras que antes estranhava.

Foi assim com a renovação urbana que demoliu boa parte da cidade medieval e deu a Paris a cara que conhecemos; com a torre de aço construída pelo sr. *Eiffel* à beira do rio, e é claro que não poderia ser diferente com as pirâmides de vidro erguidas na frente do Louvre.

Que nenhum defensor fanático do patrimônio histórico e arquitetônico me escute, mas, na minha opinião, elas são espetaculares. Em especial à noite e em dias nublados, quando suas luzes se acendem e fazem com que sejam mais visíveis que qualquer um dos prédios das redondezas.

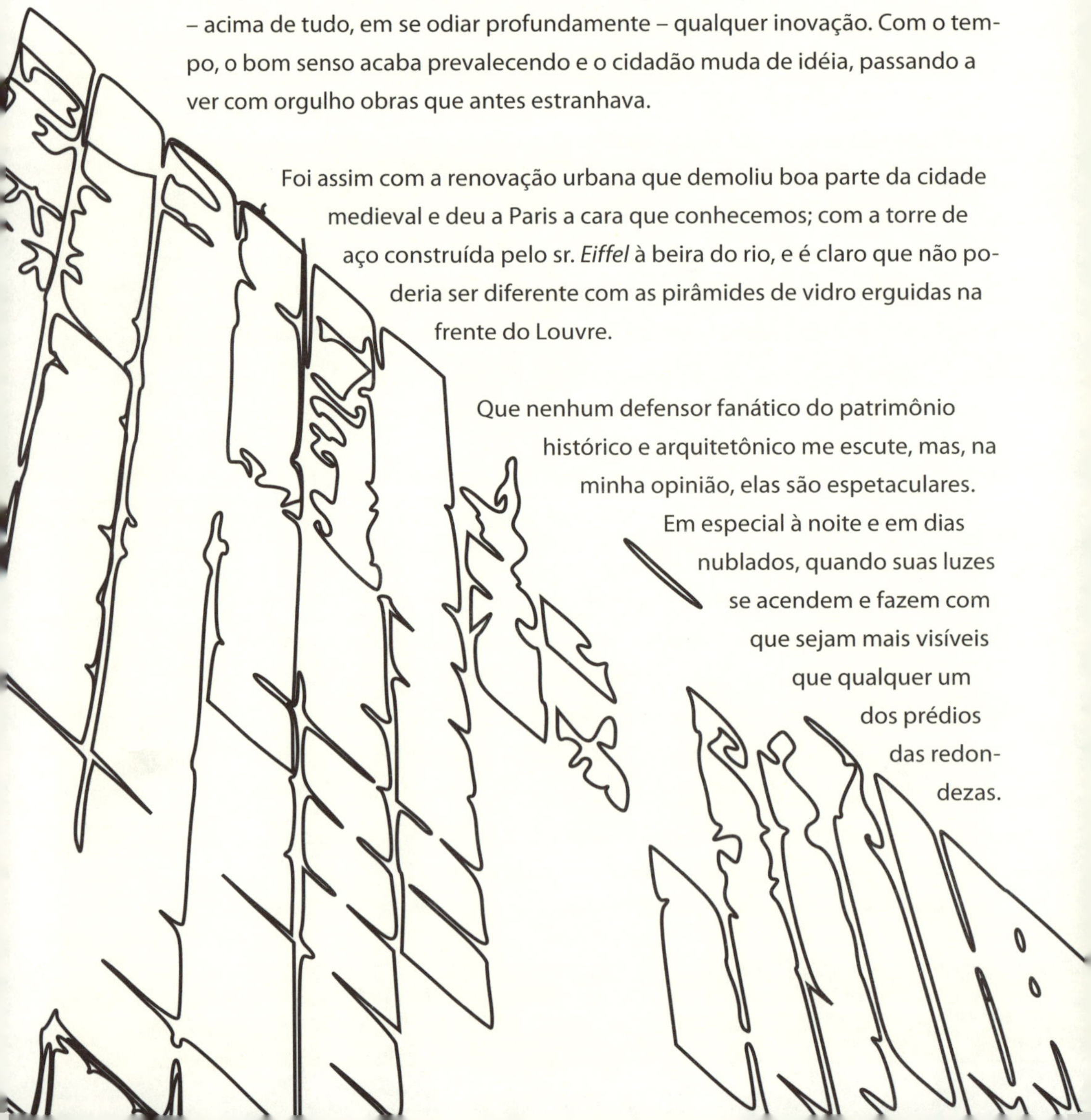

Qualquer que seja sua opinião com relação a elas, o fato é que é realmente impossível ignorá-las (talvez seja esse o principal motivo que faça muitos parisienses as odiarem). Mesmo quem não tem ligação afetiva com a cidade as estranha. Afinal, pirâmides não são mausoléus de imperadores de civilizações muito antigas (como os egípcios e incas), construídas em lugares remotos do planeta? Que tipo de brincadeira de mau gosto colocaria uma tumba bem no meio de um museu de arte?

Expandindo a polêmica com poucas palavras: elas são construções geométricas projetadas por um estrangeiro (o chinês I. M. Pei), que chamam muito mais a atenção que o antigo palácio da Monarquia e centro da cultura francesa. É Impressionante a coragem da equipe que a construiu.

Os responsáveis pela obra se concentram em defender seu aspecto técnico – elas funcionariam como clarabóias para captar a luz lá fora e iluminar um espaço subterrâneo que já foi masmorra. Honestamente, a explicação não convence. Você consegue imaginar uma pirâmide no alto da Catedral de Notre-Dame para distribuir melhor a luz?

Imagine uma clarabóia no teto da Catedral de Notre-Dame para distribuir melhor a luz e atrair energias...

Talvez seja mais fácil de entender seu simbolismo ao examinar o que significam pirâmides em geral. Não se pode negar que sejam mesmo tumbas. Mas antes de compará-las com caixões e lápides, vale considerar QUEM é guardado ali e COMO os povos que praticavam esse tipo de arquitetura cultuavam o rei e a morte. Mais do que o túmulo de um figurão, fica um pouco mais fácil de entender quando se imagina que elas são a entrada de um santuário. Sob certos aspectos, é isso mesmo que o Louvre é, já que guarda boa parte do melhor que existe em arte e cultura no mundo. Não é por acaso que a entrada do museu fica sob as pirâmides.

A propósito, a maior delas não tem 666 triângulos, mas 698. Tentei contá-los algumas vezes (não fui o único que teve essa idéia estúpida) e desisti quando perdi a conta pela terceira vez e percebi três pessoas fazendo o mesmo. Esse número eu peguei na internet.

Outra licença poética do *Código Da Vinci* diz respeito a uma pequena pirâmide de pedra de pouco menos de um metro de altura, que quase toca o da invertida. Como nunca tinha reparado nela, fui ver de mais de perto só para constatar, chocado, que seus vértices estavam... desalinhados!

Olhando direito, percebi que a pirâmide pequena não "emerge do solo" como o livro diz, só está apoiada nele. Ao perguntar, descobri que ela era móvel. Provavelmente naquele dia algum faxineiro descuidado a afastou para a limpeza e depois não as alinhou adequadamente.

Depois do *Código Da Vinci*, tiveram de cercar a minipirâmide para protegê-la, já que tem sempre alguém que procura ver com os próprios olhos se ela é oca ou se guarda algo em seu interior. O museu não fornece informações a respeito.

PRÓXIMOS PASSOS: Já que está aqui, entre de novo no Louvre. APOSTO que tem muita coisa boa que você não viu.

DESAFIO:
Que outra construção baseada em triângulos protege um museu/santuário que guarda peças importantes da história da cultura ocidental? Onde fica esse museu e que forma produz esse conjunto de triângulos?

RESPOSTA: o Museu Britânico, em Londres (tópico 33). *O teto da praça central do museu tem uma cobertura translúcida feita de triângulos. Se você pensou em* Rennes-le-Château (tópico 29), passou longe. *Apesar de ter vários símbolos esotéricos por lá, não há uma única pirâmide.*

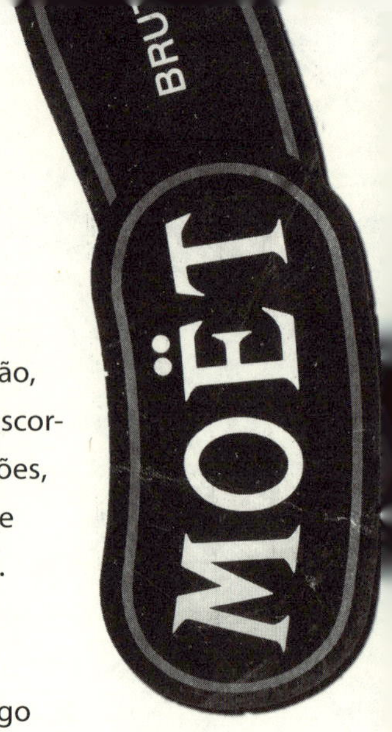

5. *Paris très chic*

Paris, França

Cada um tem sua opinião sobre o que considera *chic* ou não, gosto não se discute. De uma coisa, no entanto, poucos discordam: Paris é *chic*. Falar francês também. Das várias definições, vou ficar com a clássica, relacionada a estilo, refinamento e tradição. Sob esses aspectos, o centro de Paris é imbatível. Mas por quê?

Talvez o termo seja tão difícil de definir por representar algo maleável, sutil, atualizado e diretamente ligado ao ambiente, por isso tão resistente a rótulos. A propósito, classificar hábitos, vestimentas e comportamentos não é considerado nem um pouco elegante.

Foi com essa pergunta filosófica, levemente existencialista e bastante francesa que fui passear pelas ruas do 8º bairro (8ème arrondissement) e do 16ème, região onde vivem os muito ricos da cidade. Lá, ao ver um grande número de prédios refinados e uma quantidade ainda maior de lojas exclusivas e carros de luxo, me veio uma possível resposta para a origem do conceito de *chic* e sua importância para a cidade. É claro que ela não tem nenhuma base científica – como todo turista, eu não tinha muito o que fazer e elaborei uma teoria para explicar o mundo. Quem nunca fez isso levante a mão.

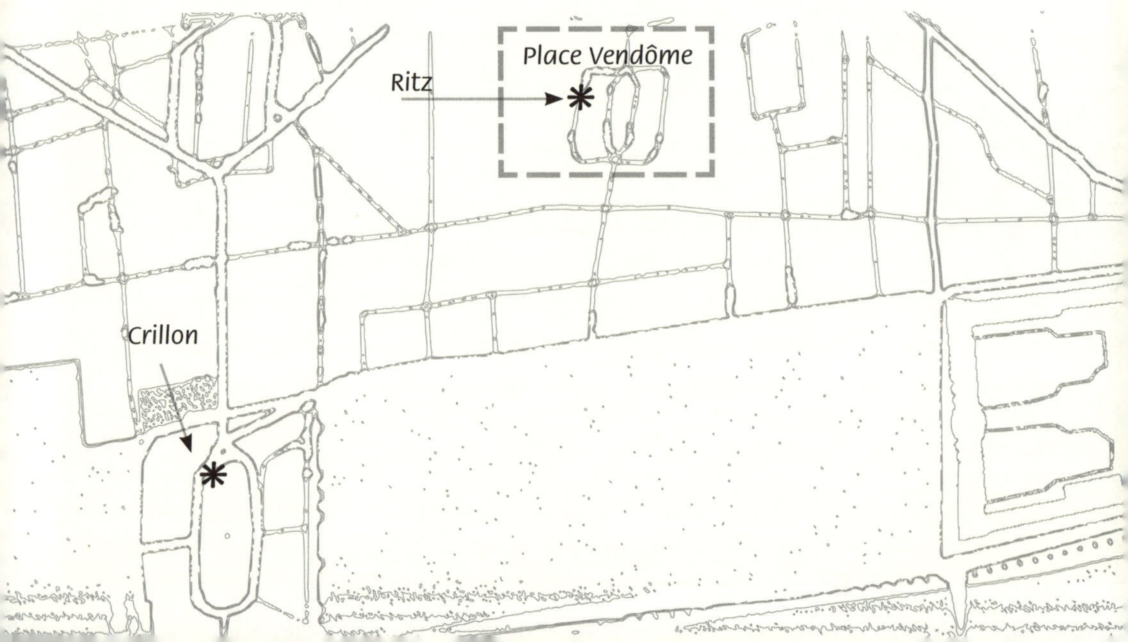

Em minha teoria, *chic* é o resultado de uma artimanha da nobreza decadente para resistir ao avanço da burguesia. A cidade sempre teve uma corte poderosa, mas quando a atividade comercial começou a crescer, acredito que a nobreza, sem condições de competir em volume financeiro, tenha desenvolvido uma série de códigos para diferenciar os ricos dos bem-nascidos. A pose passava a valer mais do que as vestimentas, jóias e propriedades suntuosas. Surgiria assim uma espécie de círculo vicioso em que aqueles que estão no topo criam barreiras para limitar ou atrasar a entrada dos outros, que teriam "apenas" dinheiro. É minha teoria. Mas, como disse, não sou sociólogo.

> *Uma coisa é certa: Dan Brown hospeda bem seus personagens. O Ritz, um castelo na Normandia... certamente melhor que Victor Hugo, que os faz morar em catacumbas (Os Miseráveis) ou no sótão da Catedral (O Corcunda de Notre-Dame).*

Não se pode dizer que algum personagem do *Código Da Vinci* fosse especialmente elegante ou refinado (talvez o curador do Louvre, mas ele morreu antes de dar seu depoimento para este guia), entretanto os ambientes que eles freqüentam já dizem tudo.

Ritz

A começar pelo hotel Ritz, onde um dos personagens é hospedado quando vai a Paris para dar uma palestra. Suas diárias vão de pouco mais de US$ 500 a cerca de 12 vezes esse valor. Naturalmente tem quartos luxuosíssimos, uma piscina que parece uma pintura e, claro, serviço impecável e discreto. Os hóspedes costumam ser recebidos com uma garrafa de champanhe gelado em balde de prata e o perfume de rosas pelo quarto. Nada mau.

O Ritz é *chic* desde sempre. E muito bem freqüentado: Charles Chaplin, Greta Garbo, Ernest Hemingway (este, de tanto ficar no bar, acabou por batizá-lo). De todos os que passaram por lá, ninguém será como *MMe.* Coco Chanel, que morou ali por mais de 30 anos. Definitivamente, é para quem pode.

O Hotel Crillon não parece um castelo?

Ao lado do Ritz ficam a embaixada americana e o *Hotel Crillon*, um dos mais antigos e refinados do mundo – diz a lenda que Maria Antonieta tinha aulas de piano por lá. Entre suas tradições ainda está o exclusivíssimo baile de debutantes, em que 24 moças de 15 a 19 anos são apresentadas para a alta sociedade. Tentei vê-lo de perto, mas fui gentilmente convidado a me retirar.

Ao pé do Crillon fica a *Avenue des Champs Elysées.* Ela tem suas lojas de luxo, é verdade, mas confesso que esperava mais. Concordo que é difícil conciliar o refinamento de certas butiques com a imensa popularidade do endereço, mas as amplas calçadas perdem um pouco de charme com a horda de turistas, alguns até sentados no chão para descansar. Mesmo assim ela não perde o charme, principalmente à noite.

Uma ironia divertida é que essa Paris dos grandes *boulevards* foi planejada justamente por um descendente de alemães, o Barão Haussmann. Contratado por Napoleão III, ele tinha um objetivo bastante claro: por trás da simpática idéia de "modernizar" a cidade e tornar suas ruas mais seguras, garantia que os eixos principais fossem largos demais para que pudessem ser bloqueados por rebeldes (a memória da Revolução Francesa ainda era recente).

Loja da Louis Vuitton na Champs-Elysées, sem dúvida muito chique. Mas... a bolsa não é exagerada?

Haussmann atingiu seus objetivos do jeito mais fácil, embora não politicamente correto: arrasou boa parte do centro urbano e o trocou pelas ruas de três pistas e largas calçadas.

Tudo é muito bonito. Só é chato o trânsito estar sempre congestionado (é surpreendente, aliás, que os personagens do *Código Da Vinci* tenham conseguido passar correndo por lá). Alguém deveria ter sugerido ao Barão que uma praça circular no meio de 12 avenidas grandes tende a concentrar o trânsito de todas elas, formando um verdadeiro caos. Para quem está a pé e não tem pressa, é uma vista inesquecível, em especial quando o arco, lá em cima, fica em silhueta no pôr-do-sol.

Todos os caminhos levam ao Arco do Triunfo.

PRÓXIMOS PASSOS: Aproveite para visitar outra das megaestruturas polêmicas da cidade, a *Torre Eiffel*. Citada de relance no *Código Da Vinci*, mas fundamental para quem vai a Paris, ela foi construída como arco de entrada para a Feira Mundial de 1889 e quase foi demolida (seu alvará era para apenas 20 anos). Como era importante para as transmissões de rádio nas duas Grandes Guerras, foi ficando e acabou servindo de símbolo da resistência Francesa.

DESAFIO: Para muitos, não basta ser chique durante toda a vida, é necessário também ser sepultado em um lugar distinto. Qual é o lugar que os muito ricos do mundo gostariam de ter como moradia final?

RESPOSTA: *Cemitério de Père Lachaise, Paris (tópico 32), se possível perto de Jim Morisson ou Oscar Wilde. Florença (tópico 30) atrai os muito VIPs, mas em vida.*

6. A cidade-Estado do Vaticano

Vaticano, Itália

No *Código Da Vinci*, o financiamento e o apoio à perseguição dos personagens principais vêm do Vaticano. Apesar de acreditar que uma coisa dessas jamais aconteceria na vida real, deve-se levar em conta que, muito mais que uma igreja central, o *Stato della Città del Vaticano* é uma força política considerável.

O Vaticano é o menor país do mundo. São apenas 3,2 quilômetros de fronteiras – menos do que o Museu do Louvre. Do lado de fora, parece só mais uma construção histórica de Roma, mas na realidade é um lugar muito peculiar.

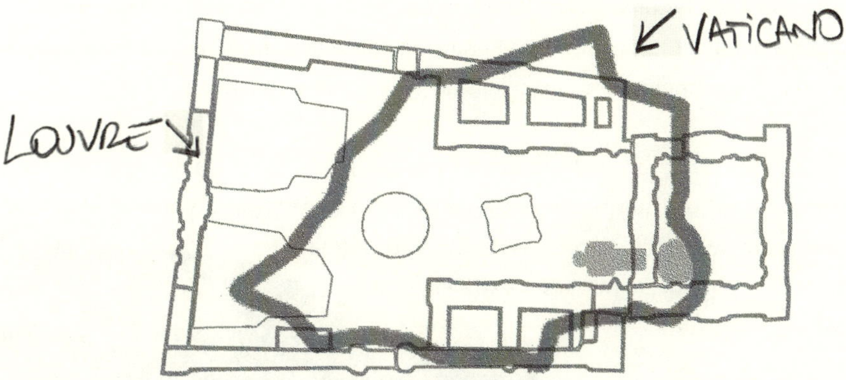

O Vaticano é um país tão pequeno que caberia no terreno onde fica o Louvre.

Mas tem sua própria moeda de € 1.

Por ser uma cidade-Estado, tem os mesmos benefícios diplomáticos de um país. Só não é soberano porque é governado por uma organização eclesiástica, a Santa Sé. Mesmo assim, pode mandar e receber representantes diplomáticos, emitir passaportes, cunhar moeda e até ter embaixadas. Como elas não cabem no território, ficam hospedadas em Roma (não, a Itália não tem uma embaixada no Vaticano nem vice-versa: os burocratas não são tão criativos).

Muita gente confunde o Vaticano com a *Basílica de São Pedro*. Isso é parcialmente certo, já que ela e a ampla *piazza* em frente formam a maior parte do território aberta ao público, uma verdadeira entrada triunfal para o território.

A Basílica não deixa barato. Sua estrutura barroca, apesar de ter cinco séculos de idade, é extremamente harmoniosa e delicada. E grande: 23 mil m^2, capacidade para 60 mil pessoas. Tudo isso? Pois é – pode ser pomposo, mas não deixa de ser esquisito. O problema é que ela é GRANDE DEMAIS. Fica difícil ter uma experiência mística em um lugar com o tamanho de um estádio de futebol.

Milhares de turistas e peregrinos não se importam com esses detalhes e a visitam todos os dias. Isso gera pequenos incômodos, como a necessidade de passar pelo detector de metal e enfrentar grandes filas, que pelo menos andam rápido. Como é um lugar sagrado, há restrições de vestimenta: nada de ombros ou joelhos à mostra. Mas estamos na Península Itálica, e tudo se resolve de uma maneira criativa: camelôs vendem calças de papel para o turista desavisado.

Perto da entrada dá para ver alguns membros da *Guarda Suíça*. Ela é um corpo militar voluntário com quinhentos anos de tradição e uniformes... como dizer?... bem característicos. Não, eles não foram desenhados por Michelangelo. Ele podia ser extravagente, mas tinha bom gosto.

É dali que se vê o papa. Ele disse que me procurou mas não achou no meio da multidão.

Lá dentro, 45 altares, 390 estátuas e 800 colunas. O que ver? Tudo. Em especial o Altar Papal e o Trono de S. Pedro, feitos por Bernini (o mesmo que fez as colunas da piazza) e a escultura *Pietà*, de Michelangelo.

Muitos artistas usaram esse tema – a mãe de Jesus segurando seu filho morto no colo –, mas nenhuma escultura se compara com a que ele fez quando tinha 21 anos de idade.

Piazza San Pietro: as colunas e estátuas fazem você se sentir nos tempos de Júlio César, em um dia que esqueceu a toga em casa.

Na época, para que ninguém duvidasse de sua autoria, ele quase a estragou escrevendo MICHEL ANGELUS BONAROTUS FLORENT FACIBAT, uma espécie de assinatura. Com o tempo, perdeu a insegurança, deixou essas bobagens e nunca mais assinou uma obra.

Apesar de ter muito para se ver nas paredes, não esqueça de virar a cabeça para cima: o domo de 120 metros de altura é de tirar o fôlego. Ainda mais se você resolver subir os 500 degraus até o topo. Pense bem antes de começar a subir, porque a escada é mão única.

É uma canseira subir até o alto da cúpula, mas a vista compensa.

Umas três horas entre a basílica e *piazza* são o bastante. Guarde energia para contornar a praça e subir o morro até o complexo de museus do Vaticano. São vários museus históricos e galerias, como a do artista Rafael e, claro, a *Capela Sixtina*, que tem esse nome porque foi construída para o papa Sixto IV, ou Sixtus IV (sexto quarto?).

A importância da capela é inversamente proporcional ao seu tamanho. Boa parte das decisões importantes da Santa Sé acontecem naqueles pouco mais de 40 metros por 13 (dimensões do Templo de Salomão, conforme o Velho Testamento). As principais são os *conclaves* – reuniões fechadas em que, entre outras coisas, se escolhe o Papa.

Ela também é mundialmente conhecida pelos mais de trezentos afrescos de Michelangelo em todas as paredes e teto, representando cenas bíblicas. E dizem que quase recusou a tarefa, porque não se considerava um bom pintor, achava que era melhor como escultor e arquiteto. De certa forma, ele estava certo – suas pinturas são tão impressionantes que às vezes parece que estão esculpidas na parede. De todas elas, a mais impressionante é *O Juízo Final,* mostrado na página seguinte.

Detalhe de um afresco de Michelangelo, uma das imagens mais copiadas no mundo inteiro.

Acredite se quiser: as imagens quase foram apagadas porque alguns religiosos não aprovaram a "imoralidade" de figuras nuas dentro da igreja mais importante da cristandade. A pintura se salvou, mas as partes pudendas tiveram de ser cobertas por outro pintor.

A visão é genial e os bancos são poucos. Não se pode sentar no chão nem fotografar, e aquele monte de gente deixa o lugar uma sauna. Uma das cenas mais comuns é o murmúrio de comentários ir crescendo, crescendo, crescendo... até o guarda gritar "SILÊNCIO" e o barulho diminuir, para recomeçar logo em seguida.

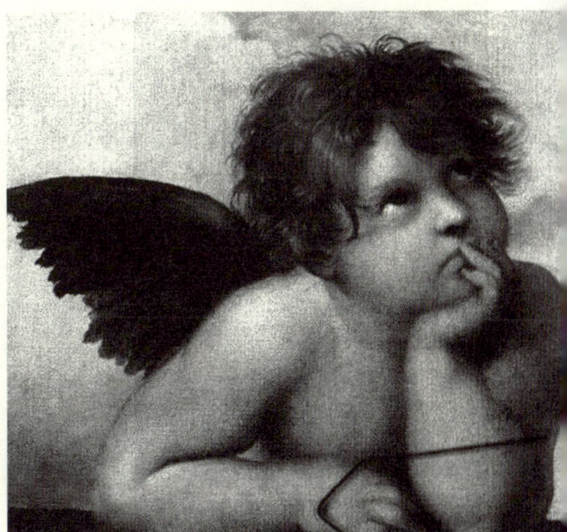

Detalhe de afresco de Michelangelo Buonaroti no teto da Capela Sixtina, Vaticano.

O Juízo final. Afresco de Michelangelo Buonaroti. Capela Sixtina, Vaticano.

PRÓXIMOS PASSOS: Como nos outros itens, chega de cultura (e de caminhar). Se você ainda tiver fôlego, pode até visitar a biblioteca da Santa Sé e seu acervo de mais de um milhão de livros (entre eles o *Codex Vaticanus*, o manuscrito mais antigo da Bíblia). Mas saiba que a maior parte dos documentos é de acesso restrito. Aliás, parte dos arquivos está até em CD-ROM.

Para sentir o clima local, recomendo que você volte para Roma e procure uma boa *enoteca* – mistura de loja de produtos gastronômicos, pequena cantina e adega de vinho. Elas eram onde as pessoas paravam depois do trabalho para relaxar, colocar a conversa em dia e tomar uns tragos antes de ir para casa.

Evita, acima de qualquer coisa, comer em lugares excessivamente "turísticos", como restaurantes no alto de prédios com vista para a basílica. Eles costumam ser armadilhas para turistas, caros demais para a qualidade do que servem.

DESAFIO: O Domo da Basílica de São Pedro é certamente um dos mais conhecidos do mundo, a ponto de influenciar construções que vão da Catedral de St. Paul, em Londres, ao Capitólio, em Washington. Que outra construção é famosa por seu domo, que não é circular, mas octogonal? Em que cidade ele fica?

RESPOSTA: *A Catedral Santa Maria Dei Fiore, em Florença (tópico 30) tem seu famoso Duomo, cuja forma é característica. Se você pensou no Pantheon de Roma (tópico 34), passou perto: ele é mais antigo, mas circular.*

7. O Opus Dei

Londres, Paris, Nova York e mais 80 países

O Opus Dei é um lugar? De certa forma, sim. A ordem está praticamente no mundo todo, e em todas as suas instalações a atmosfera é a mesma. Não é de estranhar. Pelo que entendi, ela é uma "prelazia pessoal", algo como uma "diocese virtual", organização católica definida por suas práticas, não restrita a um só lugar. De todas as ordens católicas , é a única com essa característica. Por mais que suas práticas pareçam estranhas, ela está longe de ser uma seita de fanáticos. Na verdade é um órgão oficial da Igreja e seus monges estão sob a jurisdição do Bispo da Diocese local, como os fiéis comuns.

Em uma análise fria, não parece haver nada de errado com o Opus Dei. Ele patrocina muitas atividades sociais e ajuda na construção de escolas e hospitais. Mesmo a própria Igreja Católica defende a castidade, encoraja a vida monástica e tem várias ordens compostas de monges, frades e freiras que vivem em celibato e devotam suas vidas a Deus. Até formas mais agressivas de devoção, como jejum, orações por longos períodos, penitência, peregrinação e meditação, fazem parte das práticas comuns de muitos católicos, mesmo que não pertençam a alguma organização específica.

O Opus Dei prega que qualquer pessoa pode se tornar santo ou apóstolo, contanto que viva de forma consistente com sua fé. E é exatamente aí que a coisa complica: seu apego excessivo à tradição faz com que resista a qualquer atualização da igreja. Seu ponto de vista é absoluto e inflexível, em especial no que diz respeito ao papel das mulheres (submissão) e da sexualidade (pecado). Como tem grande poder político e financeiro, poucos têm a coragem de questionar suas práticas.

Uma das poucas vozes é a ODAN – *Opus Dei Awareness Network* (rede de alerta à Opus Dei), ONG dedicada a mostrar o que se esconde atrás daqueles muros. Segundo eles, duas práticas são especialmente assustadoras: a autoflagelação como forma de penitência e o agressivo recrutamento de novos membros.

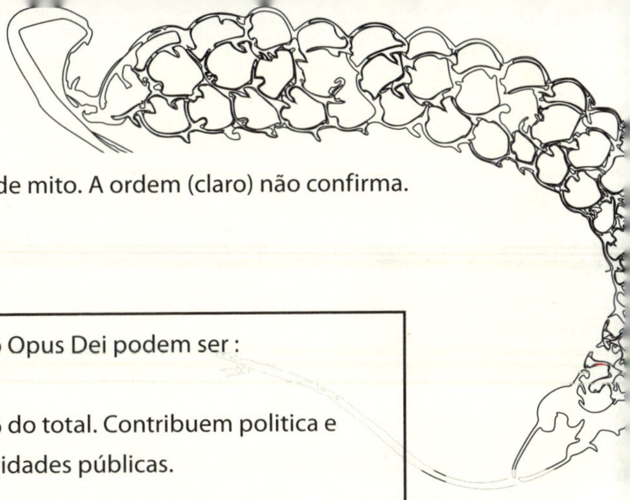

O resto que se diz tem uma boa dose de mito. A ordem (claro) não confirma.

Além dos clérigos, os membros do Opus Dei podem ser :

- **Supernumerários** – cerca de 70% do total. Contribuem politica e financeiramente e ajudam em atividades públicas.

- **Numerários** – menos de 20%. São os que praticam o celibato e a mortificação corporal. Costumam doar todas as suas posses à organização e viver em seus centros. Estamos falando aqui de quase vinte mil pessoas;

- **Associados** – apesar de devotos, não vivem em centros do Opus Dei. Entre eles e os numerários se formam os padres.

- **Assistentes de numerários** – mulheres que fazem serviços domésticos. Como há só uma vocação, são consideradas iguais aos outros.

Cinta de cilício. Se fosse de silício seria bem mais confortável.

PRÓXIMOS PASSOS: Depois de um tema como este, vamos em busca de prazeres um pouco mais mundanos. O alojamento do Opus Dei em Paris fica perto da Ópera Garnier, uma obra-prima do século XVII que, entre outras coisas, inspirou o musical *"O Fantasma da Ópera"*.

DESAFIO: Que outra instituição citada neste livro é poderosa, autônoma, autogerida e independente dos poderes superiores?

Resposta: *O Museu do Louvre (tópico 1). Sua gestão é feita por uma fundação independente do governo. Se você pensou na relação do Vaticano (tópico 6) com a Itália, saiba que ele não é totalmente soberano, por ser organização religiosa.*

8. O caminho de Silas

Sul da França

Silas é o monge albino do *Código Da Vinci* que, antes de entrar para o Opus Dei, teve uma vida de violência e criminalidade na região das cidades de *Marselha* e *Toulon*, até ser preso e levado a *Andorra*, de onde escapou e acabou por se converter à ordem em um seminário na cidade espanhola de *Oviedo*. É um caminho extenso para um prisioneiro – ele poderia ser detido em qualquer uma dessas cidades. De qualquer forma, chama a atenção para a região bonita e animada onde o francês se encontra com todos os povos do Mediterrâneo.

Ao abrir as portas do vagão climatizado do TGV que vai de Paris a Marselha, o primeiro choque é com o bafo quente e marítimo. Ele é o menor dos contrastes. As diferenças entre o trem futurista e as barraquinhas de camelôs quase medievais dão a impressão de uma viagem para outro tempo ou país.

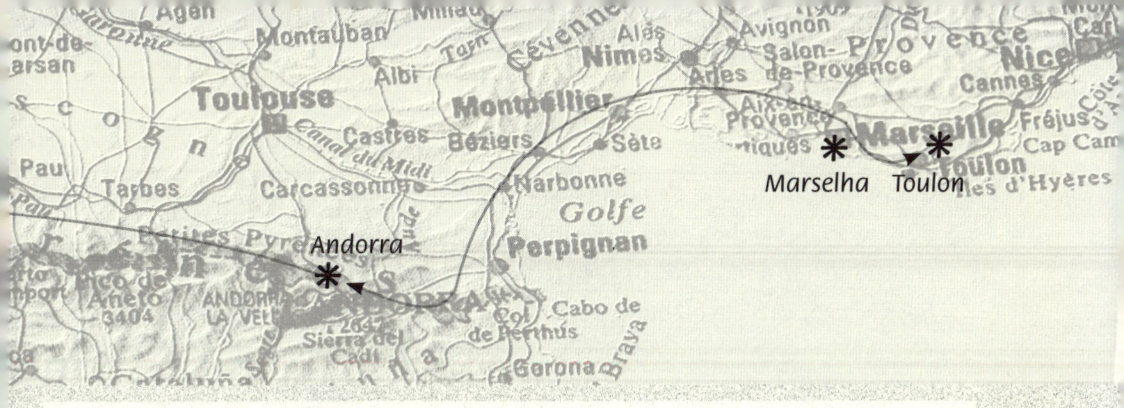

Deixa-se para trás a agitação cultural de uma Paris metropolitana, estressada e levemente mal-humorada para se mergulhar de cabeça em uma confusão que mistura cores, cheiros, sotaques e hábitos cultivados desde o tempo em que cidades portuárias eram o que havia de mais cosmopolita no mundo.

O difícil de se encontrar em Marselha, aliás, é alguém de família francesa por muitas gerações – independentemente dos turistas que lotam a cidade na alta estação, o número de imigrantes sempre foi bem grande. O resultado é uma salada mediterrânea, com componentes árabes, africanos e europeus e um sabor tão único quanto o azeite de oliva, típico da região.

Sua posição estratégica, próxima a vários vales e à beira do Mediterrâneo, sempre inspirou ações militares – não é por coincidência que o hino nacional francês, que pede ao povo que marche, se chama *A Marselhesa*. Mas o que interessa aqui é outra vocação que o contato entre várias culturas propicia: o comércio.

O espírito comerciante é evidente na enorme quantidade de estabelecimentos de diversos tamanhos. Meu preferido é o mercado de peixes no velho porto, em que se tem a sensação de uma feira livre – muitas cores e aromas, comida fresca e exótica e um ou outro pescador rabugento.

Dá vontade de pegar uma amostra de cada, mas como não vão deixar cozinhar um peixe no quarto do hotel (e é difícil saber o que fazer com tantos ingredientes), sugiro experimentar uma especialidade gastronômica da cidade

– a *Bouillabaisse*, uma das melhores sopas de peixe do mundo. Beba-a acompanhado por um bom vinho *rosé* da região da Provença e encerre o banquete com uma taça do licor produzido na cidade vizinha, Cassis.

Para fazer a digestão, você pode pegar um barco para o *Château d'If*, uma ilhota que já foi colônia penal. Foi ali que Alexandre Dumas encarcerou o *Conde de Monte Cristo* em seu romance.

O passeio de barco no azul do Mediterrâneo e a vista do porto de Marselha valem mais que a ilha em si, um rochedo tão sem graça que até quando adaptaram o livro para o cinema usaram outro cenário.

Para uma idéia do real ambiente de Marselha, no entanto, recomendo que você se embrenhe pelas ruas antigas e

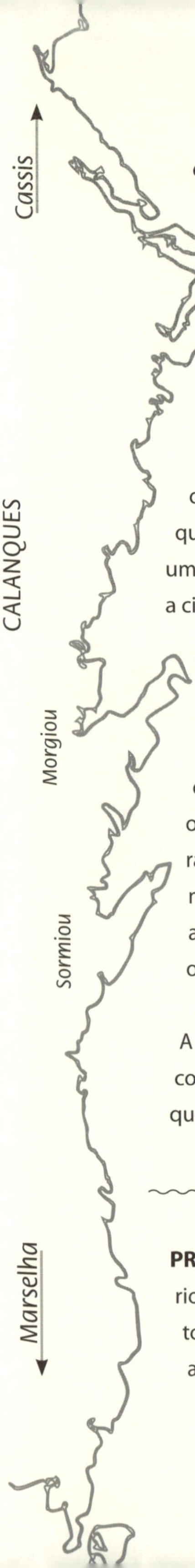

estreitas. Ali se escondem casas com fachadas coloridas, flores nas janelas e roupas nos varais. Parece um cenário de filme antigo. É comum ver pessoas conversando na soleira de suas portas ou jogando *boules*, um tipo de *boccia*. Como em toda cidade portuária, esse passeio deve ser feito durante o dia – à noite as coisas ficam um pouco perigosas.

Depois de Marselha, para continuar o caminho de Silas fugindo da polícia, vale a pena um programa saudável, que demanda protetor solar e fôlego. Siga a pé para Cassis pelas falésias e piscinas naturais do litoral: os *calanques* (em especial os sensacionais *Sormiou* e *Morgiou*). São uns 20 quilômetros de caminhada puxada, mas em trilhas bem sinalizadas com uma vista espetacular. De lá, ônibus para *Toulon*: ninguém é de ferro. Sobre a cidade, nada a declarar. Tudo o que se pode fazer por ali se faz melhor em Marselha, exceto pelas praias e pela vista do alto do morro. Como Silas era albino, não acredito que as tenha aproveitado.

O futuro monge acabaria sendo preso em *Andorra,* um pequeno país, como o Vaticano e Mônaco, mas sem a riqueza cultural do primeiro nem o charme do segundo. Sua principal atração e fonte de renda é ser um paraíso fiscal. Há boas estações de esqui por ali, mas as da França são muito melhores. Para mim, Andorra representa o sonho da região da Catalunha, a mais rica da Espanha, em ser um país independente, já que é o único país onde o catalão é a língua oficial.

A região da *Côte D'Azur* e *Provença* é espetacular, embora de uma forma completamente diferente de Paris. Enquanto a capital francesa é um banquete para os olhos, no sul do país os outros sentidos fazem a festa.

PRÓXIMOS PASSOS: Se os *calanques* chamaram sua atenção, visite o vale do rio *Verdon*, entre as cidades de *Castellane e Moustiers-Ste-Marie*. É um conjunto de gargantas onde o rio se encontra com o mar, formando um lago tão azul que parece artificial. Alugar um barco é programa obrigatório.

DESAFIO: O sul da França é cheio de peregrinos, muitos em direção à cidade de Lourdes. Que outra cidade da região atrai muitas pessoas, em parte estimuladas pelos mistérios da fé mostrados no *Código Da Vinci*?

RESPOSTA: Os segredos do Priorado de Sião atraem muitos a uma cidadela escondida nos Montes Pirineus chamada Rennes-Le-Château (tópico 29). A catedral de Chartres (tópico 18) atraiu muitos fiéis nos séculos passados, hoje ultrapassados em número pelos turistas.

9. O meridiano de Paris

Paris, França

Onde começa um círculo? Pensando em três dimensões, em que linha começa uma esfera? Se hoje essa pergunta parece totalmente despropositada, saiba que no final do século XIX ela inspirou um debate muito importante para boa parte da economia mundial, pois dela dependia o transporte de cargas e passageiros por navegação transatlântica.

Explico melhor: naquela época, qualquer marinheiro experiente sabia como tocar seu barco a partir de bússolas e cartas náuticas detalhadas. Se era consenso que o ponto zero para a medição norte-sul (latitude, medida em paralelos) deveria ficar no Equador e crescer à medida que se aproximasse dos pólos, a marcação leste-oeste (longitude, medida em meridianos) não tinha nada de óbvio.

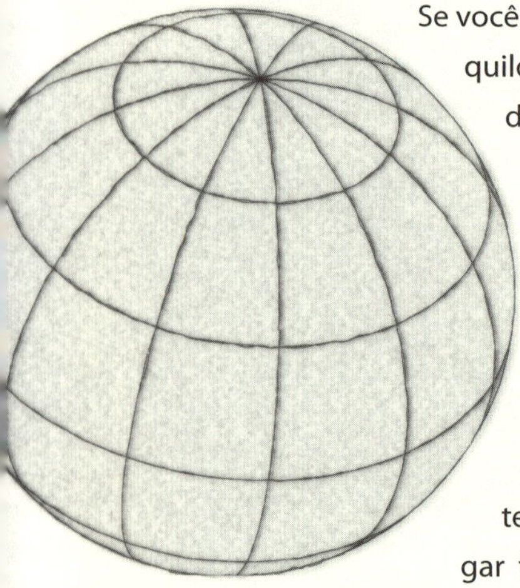

Se você é do tipo que confunde as relações entre metros e pés, quilos e libras, centímetros e polegadas, Celsius e Farenheit, dê-se por satisfeito por não ter de se orientar por meridianos em Copenhagen, Paris, Ilhas Canárias, Rio de Janeiro, Oslo, Filadélfia, Washington, Roma, São Petersburgo...

Muitas cidades apresentavam argumentos em defesa própria, e isso não era por uma questão de *status*, mas principalmente por fatores econômicos: assumir que o meridiano de referência ficava em outra cidade implicaria ter de redesenhar mapas, traçar novas rotas e tabelas e jogar fora o trabalho já feito.

Onde começa um globo? Isso lá é pergunta que se faça?

Entre todos, o meridiano de referência mais confiável ficava na cidade inglesa de *Greenwich*. Graças à alta qualidade de seus equipamentos e especialização dos astrônomos, o observatório local produzia tabelas de navegação muito precisas, a ponto de serem usadas como referência para dois terços dos navios do mundo.

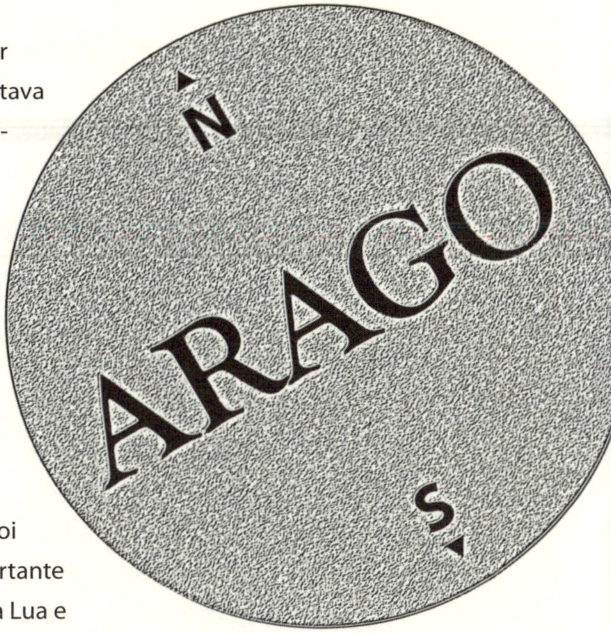

Antes de se padronizar a navegação por Greenwich, a marinha francesa se orientava pelo meridiano de Paris (aquele mostrado na Igreja de St. Sulpice, tópico 2). Coube ao astrônomo e multicientista *François Arago* (1786-1853) a tarefa de calculá-lo com precisão.

Ele foi uma espécie de Leonardo da Vinci das ciências: fez pesquisas em geografia, astronomia, cartografia e física; mediu latitudes em países em guerra e, como se não bastasse, ainda foi deputado. Sua contribuição é tão importante que um anel de Netuno, uma cratera na Lua e outra em Marte levam seu nome.

Em homenagem a ele, em 1995 o artista plástico holandês Jean Dibbets marcou 135 pontos da linha imaginária do meridiano em Paris com placas de bronze de 12 centímetros de diâmetro. Cada uma marca os pontos norte e sul e traz inscrito o nome ARAGO. Procurar os medalhões no chão da cidade (em uma rota que atravessa, no sentido norte-sul, o 18º, 9º, 2º, 1º, 6º, e 14º distritos) é uma boa desculpa para se perder por Paris e ver como, no fundo, a cidade é pequena e seus bairros são conectados. Só é necessário um bom mapa, uma bússola e muita disposição, já que praticamente nada em Paris está no eixo norte-sul e poucas ruas são retas.

Para facilitar, trace uma linha imaginária seguindo as setas indicadas em cada medalhão. Alguns deles estão dentro de jardins particulares e, em alguns lugares, eles foram removidos. É claro que eu não vou dizer quais são os perdidos. A brincadeira está em descobri-los.

Segue a localização "oficial" de alguns deles:

18ème arrondissement:

- 1 no nº18 da av. de la Porte Montmartre, na entrada da biblioteca
- 1 na esquina da Rue René Binet com a Avenue de la Porte Montmartre
- 1 no nº 45/47 da avenue Junot
- 1 no nº15 da Rue St. Dereure
- 2 nos nºs 3 e 10 da Avenue Junot, em um jardim com acesso limitado
- 1 no nº79 da Rue Lepic

9ème arrondissement:

- 2 no nº 21 do Boulevard de Clichy
- 1 no nº 5 da Rue Duperré
- 2 nos nºs. 69/71 da Rue Pigalle
- 2 no jardim interno do Ministério da Educação
- 1 no nº34 da Rue de Chateaudun
- 2 no nos. 18/16 e 9/11 do Boulevard Haussmann
- 2 na frente da brasserie da esquina da Rue Taitbout com Boulevard des Italiens

2ème arrondissement:

- 1 no nº 16 da Rue du 4 septembre
- 1 no nº15 da Rue Saint Augustin

1er arrondissement:

- 1 no nº24 da Rue de Richelieu
- 1 no nº9 da Rue de Montpensier
- 7 no Palais-Royal
- 1 na Place du Palais-Royal, Rue de Rivoli
- 3 no Louvre, ala Richelieu – na frente da escada rolante do piso térreo
- 5 no Louvre, Jardim de Napoleão, atrás da Pirâmide
- 3 no Louvre, ala Denon
- 1 entre o Louvre e o rio, perto do Pavilhão Daru
- 1 entre o Louvre e o rio, perto da Pont des Arts

6ème arrondissement:

- 1 na margem do rio, em Saints-Pères
- 2 no Quay Conti, perto do Institute
- 1 na Place de L'Institut, perto da passarela Rue de Seine
- 4 na Rue de Seine
- 1 na esquina da Rue de Seine com a Rue des Beaux-Arts
- 2 nos nºs152 e 125-7 do Boulevard St. Germain
- 10 nas calçadas do Jardim du Luxembourg
- 1 na Rue Auguste Comte
- 2 na Avenue de l'Observatoire
- 1 na esquina da Avenue de l'Observatoire com Rue Michelet
- 3 no Jardim Marco Polo
- 2 na praça Camille Jullian
- 1 entre a Avenue Denfert Rochereau e a Avenue de L'Observatoire
- 2 na avenue de L'Observatoire

14ème arrondissement:

- 2 no lado norte do jardim do Observatório de Paris
- 1 dentro do Observatório
- 7 nos terraços do Observatório
- 6 no boulevard Arago
- 1 no nº 81 da Rue Saint-Jacques
- 1 na Place Saint-Jacques
- 9 no parc Montsouris
- 10 na Cité Universitaire

O Meridiano de Paris não coincide com a orientação das ruas, o que faz qualquer um se perder em sua busca.

A propósito, em tempos de precisão computadorizada, Greenwich (a linha imaginária) não fica mais em Greenwich (a cidade), mas uns 100 metros a leste. Nesse ritmo, pode ser que daqui a alguns milênios chegue finalmente a Paris.

← Localização aproximada do Meridiano de Paris

PRÓXIMOS PASSOS: Depois de tanto olhar para baixo em busca do meridiano, que tal ver o céu? No $14^{\text{ème}}$ fica o Observatório de Paris, um dos mais antigos em atividade no mundo.

DESAFIO: De todas as cidades com meridiano de referência, a mais estranha é *Gizé* (aquela mesmo, a das pirâmides), que não só não é porto marítimo como ainda fica no meio do deserto. Por que foi proposto um meridiano para essa cidade e qual sua importância?

RESPOSTA: *Gizé foi proposta por um astrônomo escocês, por dois motivos: ter um ponto fixo e alto (o que ajudaria a calcular projeções astronômicas) e ser próxima à cidade de Jerusalém (tópico 14), considerada "referência espiritual". Se você pensou em algo ligado ao número Phi (tópico 15), errado. Apesar de estar presente até na estrutura de galáxias, não é usado para medir posicionamento global.*

10. Normandia

Noroeste da França

Esqueça o Dia D. Hollywood já mostrou batalhas sangrentas em lugares muito mais interessantes que uma praia de areia branca, clima frio e vento forte. Séculos antes de *Band of Brothers*, muitos franceses já sabiam que o bom da Normandia está mesmo em seu interior. Não é à toa que, no *Código Da Vinci,* o curador do Museu do Louvre passava as férias em um castelo nessa região: quem se acostuma a conviver com a beleza no dia-a-dia tende a ser naturalmente seletivo com sua moradia.

Segundo o livro, o castelo fica ao norte de Paris, perto da cidade de *Creully.* Como não há muitas pistas a seu respeito, escolhi o *Château de Creully*, uma fortaleza do século XI que já participou de tantas batalhas que mal se pode dizer que tenha passado um século inteiro em paz.

O castelo só costuma ficar aberta para visitação pública na alta estação – de julho a meados de setembro. Fora dessas épocas, ele pode estar reservado para eventos particulares, ou simplesmente fechado. Suas paredes de pedra são tenebrosas e ameaçadoras – afinal, foi construído para ser uma fortaleza, sem tempo a perder com rococós.

Esse tipo de construção, aliás, é comum na região. Não é difícil entender o porquê: o território é muito próximo das ilhas britânicas, tem solo fértil e litoral recortado. Isso quase convidava os invasores a se aventurarem por ali, por isso o povo local precisava de fortalezas robustas. Um dos invasores era chamado de *normandos*, os "homens do norte", descendentes de *vikings* que acabaram por fixar residência na região.

Ao contrário de seus hostis ancestrais, o povo local é muito simpático. A história de lutas só se percebe em um ou outro castelo ou nas histórias à *Asterix* (em que os Normandos eram um povo que não sabia o que era o medo). A região hoje é bastante pacífica, cheia de plantações de maçãs, uvas e pastagens.

Como qualquer *gourmet* sabe, onde tem vaca tem queijo, onde tem maçã tem licor e onde tem uva tem vinho. Fico com as duas primeiras opções: a região da cidade de *Camembert* produz o queijinho com o mesmo nome; a melhor maçã local se chama *Calvados*, que dá um licor ótimo. Já o vinho... deixe para tomar

os produzidos no sul do país. Em uma refeição por ali, se aproveite de tradições maravilhosas como o *Trou normand*, pausa para uma taça de Calvados entre dois cursos de uma refeição, mantida em muitas famílias e restaurantes.

A melhor forma para visitar a Normandia é de carro: acorde tarde em Paris, tome um bom café e saia da cidade pela rodovia A13 (que depois vira a A14), sentido *Rouen*.

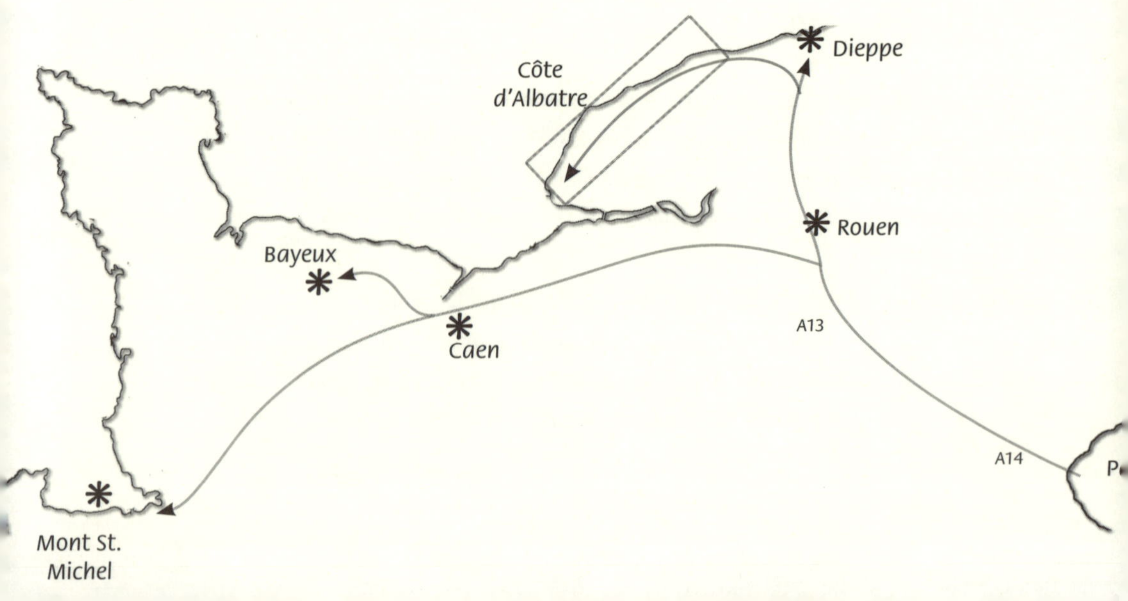

Visite a catedral gótica da cidade, cuja fachada foi retratada por Monet em aproximadamente 30 telas, cada uma com um efeito diferente de luz. Ali aproveite para comprar cartões ou um livro com reproduções dessas pinturas e levá-lo a um restaurante com vista para a igreja para compará-las com o modelo original. As pinturas não são reproduções fiéis, mas *impressões* do pintor – eis a origem do termo "impressionismo".

De lá, seguindo na direção de *Dieppe*, desvie para a *Côte d'Albâtre*, uma falésia impressionante que tem o nome "costa de alabastro" por seus penhascos amarelos. Ali perto, a cidade de *Bayeux* tem uma tapeçaria que retrata a última inva-

Impressões da catedral de Rouen
Claude Monet. Museu de Orsay, Paris.

são bem-sucedida da Inglaterra, feita por ninguém menos que os normandos. Ela parece uma história em quadrinhos medieval.

Se tudo der certo, quase no final da tarde você chegará a uma das paisagens mais impressionantes da região: o *Mont St. Michel*. uma abadia fortificada de

Tapeçaria de Bayeux. Centre Guillaume-le-Conquérant, Bayeux

três andares, construída no alto de uma pequena ilhota e separada do continente apenas por um braço de mar muito fino, que seca com a maré. Deixe para visitá-lo no dia seguinte. Por ora, a vista já é uma experiência e tanto. Principalmente no pôr-do-sol com a maré subindo, o que dá à fortificação uma aura mística.

Como você está à beira-mar, jante um bom prato de mexilhões. De sobremesa, uma torta de maçã local, que tem um *je ne sais quoi* indescritível. Para encerrar, uma dose de *kir* e outra de *poire*. Por favor não ande pelas falésias em seu caminho de volta para o hotel.

Acorde cedo para ver a névoa sobre o Mont St. Michel. Ela é fantasmagórica.

Há muito para se ver, e não vou entrar em detalhes para não sair do foco. Só acho divertido lembrar que onde funcionava a esmolaria, lugar em que os monges ajudavam financeiramente os peregrinos, hoje tem função contrária, abriga uma livraria e loja de *souvenirs*.

Mont St. Michel em dia de nevoeiro – não parece paisagem de Harry Potter?

PRÓXIMOS PASSOS: Se mistérios pré-históricos o atraem, dê uma volta pela Bretanha e veja os menires e dólmens de Carnac, um dos maiores sítios arqueológicos do mundo. Compre um bom mapa rodoviário e tente fazer a maior parte do caminho por vias locais, para ter uma melhor amostra do clima da região. A Armórica, região de *Asterix*, fica por ali. Mas não há sinal da antiga aldeia gaulesa. Nem dos campos de *Babaorvm, Aqvarivm, Lavndanvm* ou *Petibonvm*.

DESAFIO: Fortaleza religiosa à beira-mar, o Mont S. Michel não é a única fortificação em ilhota que serviu como prisão política e hoje funciona como museu. Em que outra cidade deste guia há uma construção semelhante? Que personagem de ficção teria ficado preso nela?

RESPOSTA: *Tópico 8, Marselha. O Château d'If foi construído como fortaleza para proteger a cidade de barcos inimigos, acabou se transformando em prisão até o século XIX e hoje pode ser visitada a partir do porto velho de Marselha. Alexandre Dumas prendeu injustamente o Conde de Monte Cristo ali. Se você pensou em Montmartre (tópico 32), pegou o monte errado: o "monte do mártir" diz respeito ao santo padroeiro de Paris, não a alguma guerra em especial.*

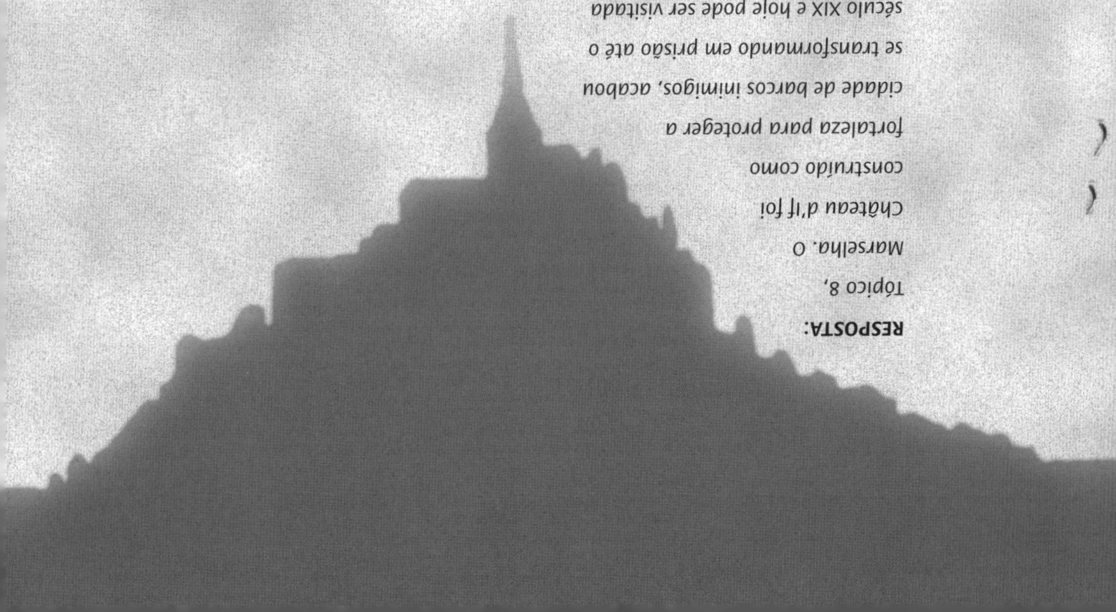

11. DCPJ & Interpol

Londres & Paris

Que guia mostraria a polícia? Eis outro lugar em que eu (felizmente) não tenho experiência interna. Como um necrotério ou unidade de terapia intensiva de um hospital, esse é o tipo de lugar que todo mundo espera que funcione bem, mas detesta visitar em uma viagem internacional. Até porque isso não combina com o espírito de viagem – na melhor das hipóteses, está ali prestando queixa de algum roubo, assalto ou agressão; na pior (e põe pior nisso), você foi preso ou é suspeito de algum crime, mesmo que seja por engano. Mas sendo natural uma certa curiosidade mórbida, resolvi buscar alguns dados para satisfazer a curiosidade sem levantar suspeitas.

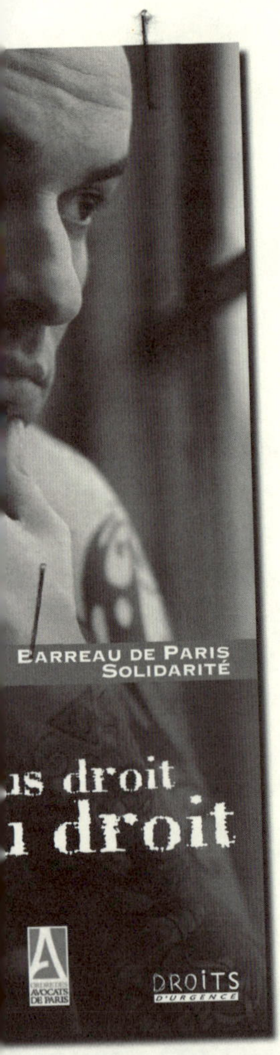

Antes de mais nada, é bom se precaver. No *Código Da Vinci*, nossos heróis são perseguidos pela Polícia Judiciária, ou DCPJ (*Direction Centrale de la Police Judiciaire*), uma espécie de Polícia Federal francesa. Se por acaso você tiver algum problema com a lei na França, procure ajuda na Ordem dos Advogados deles, a *Ordre des Avocats*. Seu serviço social de atendimento público se chama *Barreau de Paris Solidarité*. É gratuito e pode ser facilmente acessado via internet ou até em escritórios circulantes em ônibus. Segundo eles, não é porque você não tem trabalho ou dinheiro que não tem direito a um advogado. As peças publicitárias mostram (acredito que de propósito) um homem idoso, uma mulher com trajes africanos e um jovem tatuado.

Se a complicação for maior, pode-se recorrer aos intérpretes e experts jurídicos do Sindicato Nacional dos Tradutores Profissionais. A Sociedade Francesa dos Tradutores (*Société Française des Traducteurs*) também é uma boa opção.

No Reino Unido, procure o CLS (*Community Legal Service*), que reúne todos esses serviços. Você pode ligar gratuitamente para 0845.345.4345 ou usar seu completo *website*, traduzido até para línguas como o Urdu.

Quando o crime envolve estrangeiros ou jurisdição internacional, recorre-se à Interpol, também conhecida como ICPO (*International Criminal Police Organization* — Organização Internacional de Polícia Criminal). Depois da ONU, é a maior organização de cooperação internacional do mundo. São mais de 180 países membros, incluindo nações improváveis como Ruanda, Congo, Sudão, Serra Leoa, Libéria, Irã e Iraque.

Seu principal papel é o de troca de informações e coordenação de operações conjuntas. Agindo como árbitro neutro, colabora com as investigações, apreensões e extradições entre os escritórios de polícias locais e ajuda a desmontar uma das armas mais simples e eficientes usada por terroristas e traficantes: fuga entre países com relações diplomáticas estremecidas.

Muitos criminosos são presos anualmente graças à Interpol. Por mais que os seriados de TV americanos o inspirem a visitar uma de suas agências, não perca seu tempo – elas parecem um escritório burocrático qualquer.

PRÓXIMOS PASSOS: A Interpol tem atuação de destaque em casos de roubo e tráfico de obras de arte. Um dos mais importantes foi a recuperação de uma tela de valor incalculável de Claude Monet, *Impressão Sol Nascente*, que foi parar em Tóquio. Hoje restituída a seu lugar de origem, está exposta como parte da coleção permanente do Museu *Marmottan*, junto com obras-primas de vários mestres impressionistas.

DESAFIO: A maior e mais eficiente arma da Interpol é sua rede de informação. Que outra associação internacional tem grande cooperação entre suas sedes, unificando a forma com que se dirige ao público e imprensa?

RESPOSTA: *Opus Dei (tópico 7). Você pode conferir na forma com que a ordem se dirige ao público. Pouco importa a língua ou país, o discurso é sempre igual. O mesmo não acontece com o Reino Unido (tópico 25), cujas nações nem sempre concordam em tudo.*

12. Fuga de Paris

Paris, França

Para fugir da polícia e escapar de Paris, os personagens vão à Gare Saint-Lazare, a primeira estação ferroviária construída na cidade, onde pegariam um trem para Lille. Deve ser uma licença poética, pois os trilhos que saem de lá seguem para outro lado. Pode-se ir para a Normandia, ou até para o Reino Unido. Mas não há nada de especial para se ver por ali. O mesmo vale para as outras *gares*. Se tiver tempo para visitá-las, volte para o Louvre.

Da estação, os personagens pegam um táxi e seu motorista informa que o melhor caminho para a região que procuram é o *Bois de Boulogne*, mas recomenda evitar o local por causa de sua freqüência suspeita.

Essa era uma informação nova para mim. Perto de áreas residenciais nobres, Boulogne sempre me pareceu um ambiente tranqüilo, um oásis urbano ideal para passear, pedalar ou simplesmente fazer um piquenique debaixo de uma das suas enormes árvores. Isso era porque eu pensava no bosque pintado por Picasso, Manet e Van Gogh e o tinha visitado durante o dia.

O cenário à noite é bem diferente. Uma grande área vazia, pouco iluminada e perto do centro da cidade acaba se tornando ideal para todo tipo de atividade ilícita, do tráfico de drogas à prostituição. O lugar é tão conhecido por esse tipo de atividade que uma busca por ele na internet resulta em mais *websites* de transexuais que de turismo.

O parque atual é apenas um pequeno trecho da floresta de *Rouvray*, que antigamente cercava a cidade. Foi desenhado pelo Barão Haussmann (tópico 5) e abriga dois lagos, passarelas sinuosas, belos jardins e e muitas árvores, partes da floresta original. Sua área é mais ou menos quatro vezes maior que o Hyde Park (tópico 24), em Londres.

Nos finais de tarde da primavera e do verão, ele é palco de concertos e eventos de teatro ao ar livre. Estes costumam ser bem iluminados e sinalizados, sem perigo algum. Imagino que, depois dos tumultos, a periferia de Paris não pareça convidativa, mas não se deixe intimidar. Se puder, vá a um concerto desses – são uma experiência e tanto, a começar pelo público: tem gente que leva cadeirinhas, toalhas de piquenique e, é claro, muito queijo, pão e vinho. Nada mal para se ouvir um Stravinsky ao pôr-do-sol e, ao sentir um friozinho, perceber pelo relógio que já são 9 da noite.

O caminho de volta para o metrô é muito mais sereno que a volta de *shows* (ou pior, de jogos de futebol) e, se você tiver o bom senso necessário em cidades grandes (guardar bem a carteira e a câmera e não ficar à toa).

É curioso imaginar o Bois de Boulogne como um lugar "periférico", se está tão perto do centro da cidade. Na verdade, por uma série de restrições administrativas, a área que pode ser efetivamente contada como Paris é muito pequena, praticamente a mesma desde 1860. Isso cria uma série de situações estranhas, como o fato de a maioria dos parisienses trabalhar fora de Paris e menos de um em cada cinco morar efetivamente na *cité*.

ATENÇÃO: SMARTCAR

Dica importante para os que se animarem a alugar um *SmartCar* e pensarem em seguir a rota de fuga dos personagens para não ter problemas reais com a polícia: depois que vários engraçadinhos violaram algumas regras de trânsito na brincadeira, os guardas estão de olho em qualquer um desses carros com comportamento suspeito. Respeite os limites de velocidade e os sentidos das ruas, pois parte da rota é contramão. Você economizará transtornos (e vários euros entre aluguel e estacionamento) se resolver fazer o caminho a pé. O carrinho é econômico, mas deve ser desconfortável para alguém grande como Langdon. Faz 20 quilômetros por litro, mas só passa de 140 km/h se estiver em queda livre.

PRÓXIMOS PASSOS: O *Código Da Vinci* não fala no Bois de Vincennes, criado à mesma época e desenhado no mesmo estilo que o Boulogne, só que ainda maior. Suas principais atrações são um zoológico e um parque de diversões nostálgico e colorido, o *Foire du Trône*. É uma viagem no tempo para uma Paris romântica e com poucos turistas estrangeiros.

DESAFIO: Ao receber a incumbência de planejar o paisagismo dos Bosques de Boulogne e Vincennes, o Barão Haussmann o projetou inspirado em outro jardim famoso. Qual é e onde fica?

RESPOSTA: *Hyde Park, Londres (tópico 24). Se pensou nos Jardins de Versailles (tópico 17), errou. Os objetivos dele eram muito mais políticos que sociais.*

Ilustração medieval de autor desconhecido.

13. O Observatório do Vaticano em Castel Gandolfo

Proximidade de Roma, Itália

Apesar do nome, Castel Gandolfo não é um castelo, mas uma cidade. E que cidade. Sabe aqueles pôsteres da Itália, que costumam ficar em agências de turismo ou restaurantes típicos, mostrando fotos de aldeias pequenas e simpáticas à beira de montanhas? Pois é, os *Castelli Romani* são cidades assim. Castel Gandolfo é uma delas.

Há muito tempo, a região tinha um grupo de vulcões, hoje extintos, que deixou o relevo recortado, cheio de lagos e com o solo fértil para vinhedos, como os da cidade de *Frascati* – com seu vinho que dispensa apresentações.

Castel Gandolfo, no entanto, não é uma colina qualquer. Acredita-se que um dos povoados que deu origem a Roma tenha se estabelecido ali. Com o tempo a região foi adquirida e fortificada pela família *Gandolfi* (daí o nome), que acabou por ser comprada pela Igreja e transformada no *Palazzo Papale*, residência oficial e edifício administrativo da Santa Sé. Não é aberto ao público, mas não importa. A atmosfera da cidade, a vista do Lago Albano e a *Chiesa di San Tomaso di Villanova* são muito bonitas. Esta última tem um domo com a intenção de lembrar, em menor escala, a Basílica de São Pedro e, com ela, a autoridade papal. Há quem diga que é para que Sua Santidade não fique com saudades de Roma. Acredito que, depois de alguns dias na região, o que deve acontecer seja justamente o contrário. Até porque o programa turístico está mais para a gastronomia que para a história.

Se não fosse por seu tamanho, o Palazzo Papale poderia ser facilmente confundido com alguma outra casa antiga da região.

Fica difícil se concentrar em fatos históricos ou místicos quando se experimentam na prática as diferenças de textura e aroma entre um pão de *Genzano* e um de *Lariano* (produzidos por algumas padarias dessas cidades e famosos mundialmente). E se escolhe um dos dois para não desperdiçar uma única gota do molho de uma salada *misticanza*, feita com o que houver de melhor produzido nas fazendas da região. Tudo isso enquanto se espera o prato principal, um bom *porchetta di Ariccia* (porco assado, que pode rechear alguns dos pães), feito sem nenhuma pressa. Mesmo não sendo Natal, um *panforte* (espécie de *panettone* prensado, com cobertura de açúcar) acompanha muito bem um *cappuccino*. Nada mau.

O *Código Da Vinci* fala de um observatório no Vaticano. Para que a Igreja precisaria de um deles? A observação do céu tem várias aplicações, como a definição de rotas de navegação baseadas em estrelas e o acerto de calendários para calcular festas móveis, como a Páscoa. O sistema de datas que usamos, aliás, foi determinado por um papa.

A história começa com ninguém menos que Júlio César, que patrocina uma mudança no sistema de medição de tempo, uma bagunça de vários meses e anos de tamanho irregular. O novo sistema, revolucionário para a época, dividia o ano em 12 meses e 365 dias, com um dia de ajuste (o bissexto) a cada quatro anos. Chamado de calendário *Juliano*, batizava os meses mais quentes do verão no hemisfério norte com seu nome, Julius, e seu título, Augustus (Imperador), e é usado por igrejas ortodoxas até hoje.

Só que essa inovação trazia escondida uma espécie de *"bug do milênio"*: o ano verdadeiro terminava onze minutos mais cedo do que deveria (a duração efetiva de um ano é 365 dias, 6 horas e 11 minutos), o que acabaria por ganhar um dia inteiro a cada 128 anos. Os astrônomos da época até sabiam disso, mas acharam uma bobagem.

O calendário juliano era realmente uma invenção muito boa, a ponto de durar muito mais que o imaginado. Dezesseis séculos depois, a situação estava tão fora de controle que o papa Gregório XIII foi obrigado a dar o braço a torcer e reformar o calendário, sumindo com 10 dias. Quem dormiu na noite de 4-10-1582 (juliano), acordou na manhã de 14-10-1582 (gregoriano). Essa mudança deixou as datas novamente em ordem e, a partir daí, o uso de observatórios passou a ser incentivado pelo Vaticano, que chegou a construir três deles.

PRÓXIMOS PASSOS: A seqüência natural de uma visita dessas é um passeio pelos *Castelli Romani*. Gandolfo é o mais popular por causa do Papa, mas nessa região (sudoeste de Roma) existem belos lugares como *Grottaferrata, Albano, Ariccia e Rocca di Papa*. Uma dica para quem pretende deixar Roma de avião é fazer o caminho para o aeroporto um dia antes e desviar para alguma dessas maravilhas, a menos de meia hora da Cidade Eterna.

DESAFIO: Alguns documentos de observação do comportamento do céu e estrelas foram considerados perdidos até serem reencontrados quase por acaso. Devido ao fato de estarem divididos em várias partes, demandam até hoje um grande trabalho de restauração. Que documentos são esses?

RESPOSTA: Os Cadernos de Leonardo (tópico 21) foram espalhados, recombinados e distribuídos a esmo. Hoje estão agrupados em alguns conjuntos de obras. Se você pensou nos Manuscritos do Mar Morto (tópico 20), está parcialmente certo: eles também foram dados por perdidos e enfrentam restauração, mas não tratam de observação astronômica.

14. Igreja do Santo Sepulcro

Jerusalém, Terra Santa

Terra Santa? Para quem? Literalmente, para meio mundo.

O nome é usado para definir a região que envolve partes de Israel, Síria, Jordânia, Egito e Territórios Palestinos. Como ela está envolvida em constantes litígios territoriais, o termo é usado para evitar qualquer contexto político ou declaração de propriedade.

No epicentro desse terremoto de fé fica *Jerusalém*, cidade sagrada para o Catolicismo, Islamismo e Judaísmo e para várias outras igrejas, da Católica Ortodoxa a grupos de fiéis Coptas. Todos reunidos somam um pouco mais de metade da população mundial.

Considerado o número de pessoas e a importância de suas construções, Jerusalém já seria um fenômeno de tolerância religiosa simplesmente pelo fato de não ter sido aniquilada ao longo de sua história. Apesar de hoje ser considerada parte de Israel, os cerca de 700 mil habitantes se dividem em vários grupos nacionais, religiosos e socioeconômicos.

Para o **Islã**, a cidade é chamada em árabe de *Al-Quds*, o lugar sagrado, terra de muitos profetas, como Abraão, Moisés, Davi, Salomão e Jesus (muçulmanos reverenciam muitos profetas bíblicos). Como Meca e Medina, Jerusalém é para eles uma cidade santa e sua mesquita, *Al-Aqsa*, foco de peregrinação.

Os **Católicos** veneram na cidade a *Via-crúcis,* caminho por onde Jesus teria carregado a cruz até sua execução, e a *Igreja do Santo Sepulcro*, onde teria sido enterrado.

O **Judaísmo**, por sua vez, cultua o *Muro das Lamentações* como tudo o que haveria restado do antigo *Grande Templo*, centro de peregrinação. Eles acreditam ser descendentes de Abraão, para quem havia sido prometida a Terra Santa.

Em resumo, todos estão certos, o que causa uma bela encrenca. Tanto que a "velha cidade" é murada e dividida em 4 bairros: Judeu, Cristão, Armênio e Muçulmano. O melhor a fazer é deixar a política de lado e visitar esse lugar fantástico em que a história e a religião se confundem com a meteorologia, só previsíveis em linhas gerais.

Jerusalém é interessante mesmo para quem não é especialmente religioso. A convivência entre costumes muito diferentes nas ruas estreitas e milenares, somada à devoção de fé enorme forma um espetáculo único. É comum encontrar peregrinos de joelhos, chorando e rezando com tanto fervor que quase dá para entender o que dizem.

O *Código Da Vinci* fala da *Igreja do Santo Sepulcro*, defendida pelos Cavaleiros Templários. Ela está construída sobre o *Gólgota*, colina em que Jesus teria sido crucificado. Acredita-se que seja também o local de seu sepultamento (daí o termo *sepulcro*). A primeira igreja no local foi construída pelo Imperador Constantino, recém-convertido ao cristianismo. O caminho para se chegar até ela, pelo centro da velha cidade, já é uma aventura. Principalmente se você não estiver identificado como parte de um grupo. Poucos turistas visitam a cidade sozinhos, o que faz com que o mercado não seja fácil para guias independentes e vendedores das lojas nas redondezas. Como a oferta é muita e a demanda pouca, eles tendem a ser um pouco agressivos. Pode ser que você encontre os maiores problemas justamente entre os que se oferecem para ajudá-lo.

A aproximação é uma surpresa. Vira-se uma esquina e...*voilà*! Uma vez lá dentro, confesso que a imagem que eu tinha de um lugar sagrado era um pouco diferente.

Para começar, ela não parece uma igreja, mas um aglomerado de 30 capelas com o túmulo de Jesus no meio. Cada uma das divisões do Catolicismo (ortodoxo, copta, armênio...) tem seu local, horário de cultos, fiéis e padres. Eles se desentendem por qualquer coisa (acho que a única unanimidade é o local do Gólgota), e até situações corriqueiras podem levar a debates calorosos. A Capela Síria, por exemplo, sofreu um incêndio mas não consegue a permissão para sua reforma, o que leva os fiéis à bizarra situação de rezar em um altar carbonizado.

Edícula que guarda o Túmulo de Cristo: entrar nela é um calvário

O mais surpreeendente dessa situação é que, como a relação entre esses grupos não é historicamente boa, a chave da porta principal é mantida por uma família muçulmana desde 1178, que abre e fecha a porta todos os dias, para garantir a paz aos mais exaltados.

O excesso de gente, as longas filas para entrar na edícula que guarda o Túmulo de Cristo (só 5 pessoas são admitidas por vez) e o interior meio sombrio são bem distantes do que se espera de um local de crucificação, ou mesmo de ressurreição (isso porque nem passou pela minha cabeça ir a uma comemoração de Sexta-feira Santa ou domingo de Páscoa).

Independente da multidão, não deixe de visitá-la. Como o lugar é um labirinto, constantemente se tromba em rituais, objetos e línguas tão fantásticas quanto desconhecidas. Ouve-se quase sempre um murmurar, seja de preces, seja de padres realizando suas cerimônias.

Se, por um lado, o excesso de fé é um pouco assustador, o ato de se ajoelhar em reverência é até mais interessante que as construções históricas. Acredito que poucos tenham consciência de que, ao fazerem esse gesto, na verdade estão repetindo um ritual milenar realizado por milhões de pessoas de diversas classes sociais e épocas. Aqui, definitivamente iguais.

PRÓXIMOS PASSOS: Como Jerusalém é uma cidade importante para várias crenças, use seu tempo para conhecer mais sobre sua religião ou aproveite para conhecer os locais importantes para as outras, em um espírito de tolerância condizente com a cidade. Católicos podem explorar a Via-Crúcis, muçulmanos têm a Mesquita de Al-Aqsa à disposição e judeus podem ir para o Muro das Lamentações. Lembre-se de respeitar o código de vestimenta de cada local e só fotografar o que for permitido. Na dúvida, não faça.

Outra opção interessante pode ser seguir até a cidade de **Petra**, no deserto da Jordânia. Ela serviu de cenário para o filme *Indiana Jones e a última cruzada* (era a cidade perdida *Alexandretta* e não tem nada de cenográfica). O Graal, é claro, não está lá, mas a visão é fascinante. O sítio arqueológico fica no sudoeste da Jordânia e, como as pirâmides de Gizé, é considerada uma das sete maravilhas do mundo antigo.

DESAFIO: Apesar de ser muito diferente de Jerusalém, existe uma cidade ocidental que é centro de autoridade religiosa e sofre de vez em quando alguns atentados. Que cidade é essa, qual a sua religião e que grupos a atacam?

RESPOSTA: *Londres (tópico 23), centro da Igreja Anglicana, foi atacada por terroristas do IRA irlandês, de formação católica e, recentemente, por radicais islâmicos. Istambul (tópico 19), apesar de sua importância econômica, não tem tanto significado religioso e, por enquanto, sobrevive ilesa.*

15. *Números, φ (phi) e Seção Áurea*

Mundo todo

O número φ não é um lugar, mas como disse um dos personagens, está presente em todos os lugares. Para uma história com fundamentação artística, histórica e questionamentos religiosos, o *Código Da Vinci* até que fala bastante de matemática. Resolvi escrever este tópico para examinar o que alguns números têm de tão especial.

Praticamente qualquer cultura tem símbolos para definir quantidades, mas a idéia "virtual" de um número desconectado do objeto que representa – por exemplo, imaginar 200 tijolos sem precisar contá-los – é bastante recente. As quatro operações, então, nem se fala.

Nem sempre foi assim. Veja o exemplo dos números romanos. Qualquer criança de hoje, ao aprendê-los, faz uma pergunta óbvia que soaria muito estranha nos tempos de Jesus:

> — "Como faço VIII + XII? Como esses caras multiplicavam V por IV? Como essas operações chegavam a XX?"

A resposta da época: você não faz. Pelo menos não com aqueles números. Para fazer qualquer operação, teria de usar um ábaco (calculadora primitiva que usa pedrinhas presas em fios, de onde surgiu a expressão "fazer contas") e usar o número só para registrar o resultado. Se por um lado esse sistema era bastante primitivo, por outro tornava a falsificação mais difícil. É a ausência de tecnologia como forma de criptografia.

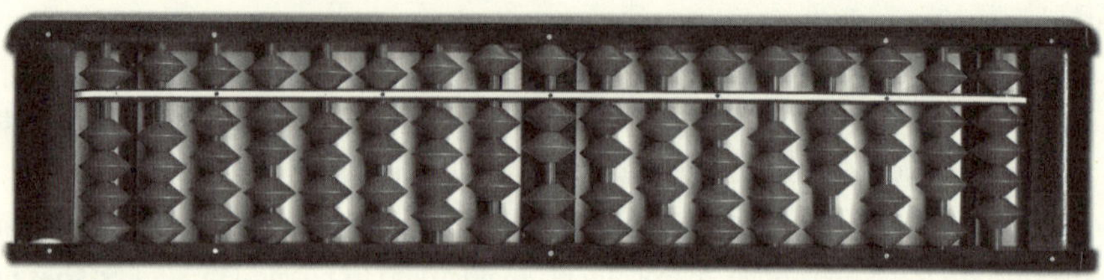

O Oriente traria aqueles números especiais que usamos até hoje: os algarismos, que permitem operações. Da Índia viria outro número mágico, o ZERO – o único número que não representa um objeto, não pode ser contado e só pode ser entendido como idéia. Seu uso foi uma ferramenta fundamental para o desenvolvimento do comércio. Antes dele – acredite – os cálculos precisavam ser feitos em colunas, com um espaço em branco para o zero.

Deixando o zero à esquerda, vamos ao φ, tão falado no *Código Da Vinci*. Segundo o professor Langdon, ele é "um componente básico da natureza, presente em plantas, animais e até seres humanos". Ele poderia colocar na lista praticamente todos os seres vivos e qualquer sistema em expansão, incluindo as galáxias no Universo. Com essas características, é natural que se tornasse um símbolo místico, representando a interconectividade entre as pessoas e a natureza. Por isso é usado para definir as proporções de templos de muitas religiões (pagodes japoneses, pirâmides egípcias, o Parthenon grego e Rosáceas em catedrais são alguns exemplos).

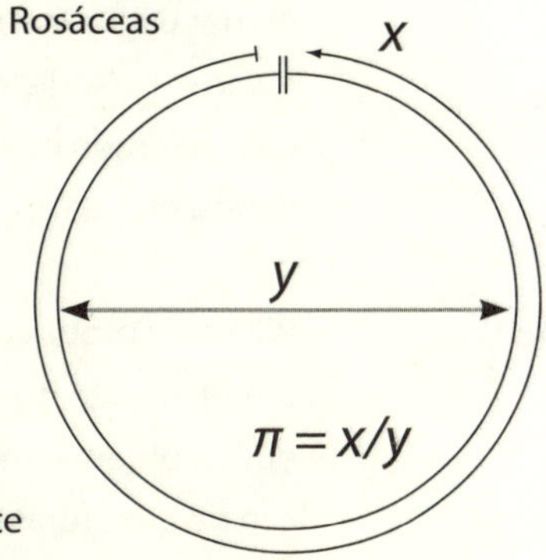

Independente de considerações místicas, para entender melhor o *Phi* prefiro começar com outro número "mágico" mais conhecido e igualmente importante: o *Pi*. Como o *Phi*, ele é um número irracional (os algarismos seguem em uma seqüência aleatória) e infinito (nunca se chegará ao valor exato). O *Pi* é um componente do círculo, por isso também está presente em praticamente tudo. Estamos tão acostumados com o *3,1415926...* que raramente nos perguntamos o que significa. Na verdade, é uma proporção: a medida da circunferência de um círculo (seu comprimento), dividida por seu diâmetro (largura).

Phi também é representado por uma proporção, um pouco mais complicada de calcular. Para fazê-lo, imagine que você tem uma estaca e precisa cortá-la em duas partes de tal forma que, se dividir o tamanho da estaca inteira pela parte maior, chegará ao mesmo número que se dividir a parte maior pela menor:

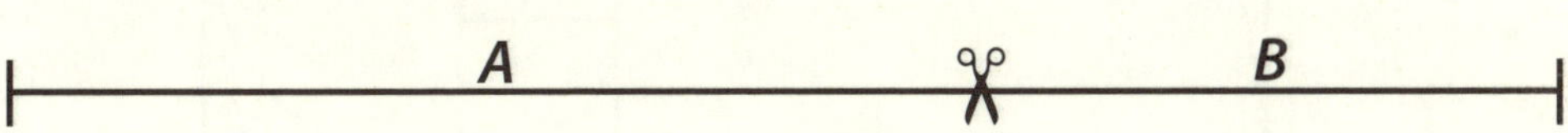

Ou matematicamente:

$$(A+B)/A = A/B = \varphi$$

Só existe um ponto em que essa estaca pode ser dividida em partes assim: o ponto que essa operação resulta em *Phi*. É isso o que ele tem de mágico. Tão mágico quanto qualquer círculo. Se a descoberta de uma proporção como essa surpreende qualquer um de nós, seres humanos do século XXI, conectados e multimídia, é natural que tenha impressionado bastante os antigos. Tanto é que foi batizada de *Proporção Divina* (ou *Seção Áurea*).

Ao construir um retângulo usando essa proporção (o lado maior dividido pelo menor é igual ao perímetro dividido pelo lado maior), faz-se um *retângulo áureo* e, nele, descobre-se outra característica peculiar: cada vez que se retira um quadrado de um dos lados, o retângulo que sobra tem as mesmas propriedades, ou seja, é outro retângulo áureo, em uma progressão infinita.

Por essas propriedades, a Seção Áurea e seu retângulo foram representados em templos e objetos sagrados, como a Bíblia. À medida que a história avançou, outros objetos mais mundanos passaram a usá-la, já que ela permite a construção de estruturas sólidas (claro, senão não seria usada na natureza). Hoje pode ser vista em escadas, prédios e até em seu cartão de visitas.

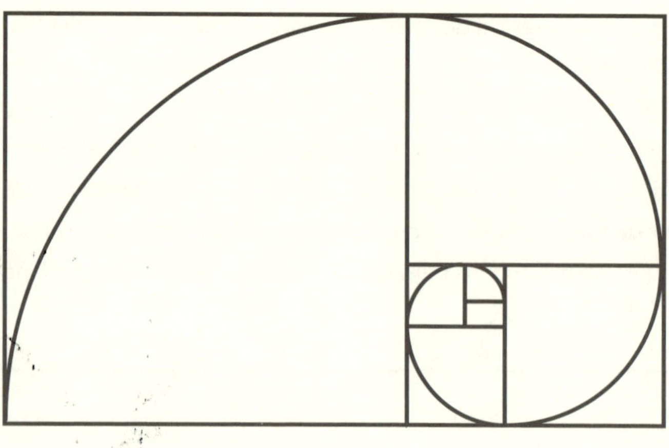

O número *Phi* tornou conhecido outro Leonardo, o de Pisa, nascido três séculos antes do nosso herói e mais conhecido por seu apelido, *Fibonacci*. É dele a idéia de uma seqüência de números que começa no zero e um e produz o próximo número ao somar os dois anteriores: 0, 1, 1, 2, 3, 5, 8, 13, 21, 34, 55, 89, 144, 233, 377, 610, 987, 1.597, 2.584, 4.181, 6.765, 10.946, ... Ao se dividir um deles pelo anterior, chega-se próximo de φ. Quanto maiores os números, mais próximo. Em homenagem a essa seqüência – fundamental para a solução de alguns dos enigmas do *Código Da Vinci* – que este livro tem 34 tópicos.

PRÓXIMOS PASSOS: Até pensei em falar do pentagrama por aqui, mas acredito que o conteúdo talvez ficasse muito pesado, e este não é um manual de simbologia. Se você quiser estudá-lo, verá que é um dos mais potentes e persistentes símbolos na história humana – importante para quase todas as culturas antigas: Império Maia, Índia, China, Egito e encontrado até em paredes de cavernas da Idade da Pedra. Atribui-se a ele a representação do brilho das estrelas, dos cinco planetas visíveis a olho nu, do homem (qualquer um, não só a mulher, como defendido no *Código Da Vinci*).

DESAFIO: Como disse nesse tópico, a Seção Áurea é usada em muitos templos. Que construção católica de Paris a usa em sua estrutura? Onde pode ser vista?

RESPOSTA: *A Catedral de Notre-Dame (tópico 16) usou a proporção divina para calcular a altura de suas torres, a divisão em andares e o formato de suas famosas Rosáceas. As pirâmides do Louvre (tópico 4) também usam a proporção, mas não são construções católicas.*

Homem Vitruviano, Leonardo da Vinci. Gallerie dell' Accademia, Veneza.

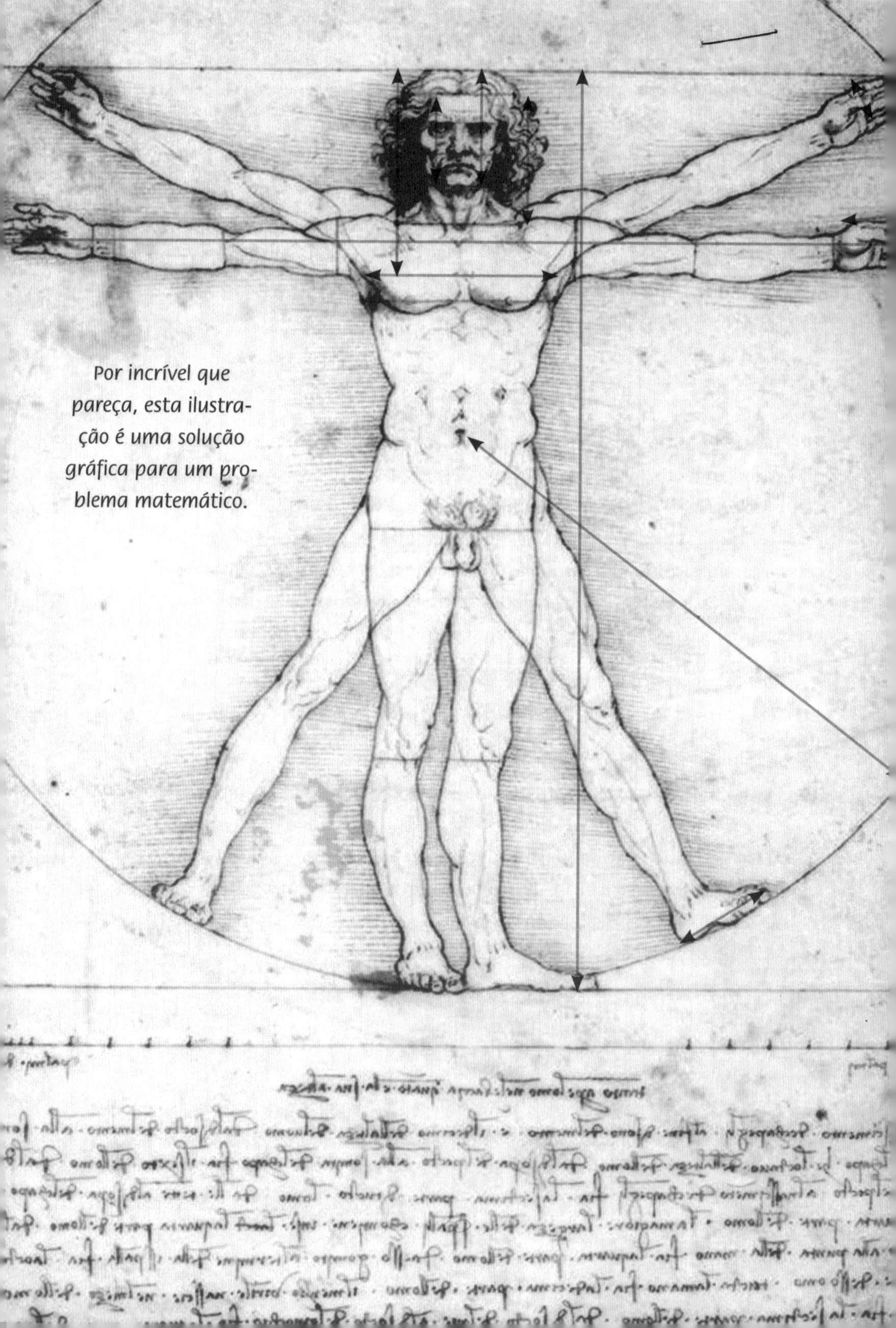

Por incrível que pareça, esta ilustração é uma solução gráfica para um problema matemático.

16. *Mais um pouco sobre proporções*

Europa Ocidental

Depois de comentar a Seção Áurea no tópico anterior, fica a dúvida: qual seria a proporção humana "perfeita"?

Quem sugeriu essa pergunta foi um arquiteto que nasceu cerca de 15 séculos antes de Leonardo da Vinci ou Michelangelo mas que, mesmo assim, se tornou o mais influente da Renascença. Seu nome era *Vitruvius*, e apesar de ser quase desconhecido do público em geral, escreveu uma grande obra que praticamente definiu a profissão. Suas idéias sobre as proporções humanas influenciaram a estética de muitos pintores e ajudaram a moldar o que consideramos belo no Ocidente.

Segundo ele, a construção de um templo deveria se basear nas proporções do homem, tidas como divinas. Assim, o corpo humano, com membros estendidos, deveria caber nas formas geométricas também consideradas perfeitas: o círculo e o quadrado. Algumas delas são:

- Face, do queixo ao topo da testa: 1/10 da altura do corpo.
- Palma da mão, do pulso ao topo do dedo médio: 1/10 da altura do corpo.
- Cabeça, do queixo ao topo: 1/8 da altura do corpo.
- Base do pescoço às raízes do cabelo: 1/6 da altura do corpo.
- Meio do peito ao topo da cabeça: 1/4 da altura do corpo.
- Pé: 1/6 da altura do corpo.
- Largura do peito: 1/4 da altura do corpo.
- Largura da palma da mão: quatro dedos.
- Largura dos braços abertos: altura do corpo.
- Umbigo: centro exato do corpo.
- Base do queixo à base das narinas: 1/3 da face.
- Nariz, da base às sombrancelhas: 1/3 da face.
- Orelha: 1/3 da face.
- Testa: 1/3 da face.

Se por acaso você ficou com vontade de se medir, tenha em mente que não existem valores *corretos* para o corpo humano e que hábitos de postura podem influenciar bastante o resultado.

Desenhar um homem "perfeito" segundo as idéias de Vitruvius era um dos grandes desafios da Renascença. Ele foi resolvido por ninguém menos que Leonardo da Vinci. Para tal, ele usou um artifício inteligente. Em vez de colocar o círculo e o quadrado com o centro no mesmo lugar – o que resultaria em um monstro de tronco curto, mãos e pés enormes – apoiou as duas formas sobre a mesma base e desenhou um homem em que cada parte do corpo era proporcional às outras. Nesse processo acabou determinando que a altura do corpo (igual à largura dos braços abertos, segundo Vitruvius) se encaixava perfeitamente em um quadrado. Já os braços levantados à altura da cabeça tocariam o círculo e o mesmo aconteceria com as pernas abertas. Se você olhar direito, perceberá ver que o círculo de Leonardo tem o centro no umbigo, enquanto o centro do quadrado fica um pouco mais embaixo.

Com o Renascimento e a ênfase no individual e humano sobre a religião, muitos prédios foram encomendados a artistas, já que naquela época não havia divisão entre pintor, arquiteto e engenheiro. Influenciados pelas idéias de Vitruvius, esses artistas construíram muitos dos prédios "clássicos" e definiram o que seria o estilo europeu ocidental.

PRÓXIMOS PASSOS: Arquitetura é uma área de conhecimento fascinante, em especial para ajudar a compreender certas construções históricas. Se você gostou do tema, recomendo uma olhada no tópico 18, que fala do estilo Gótico, ou mesmo o tópico 30, com as construções de Florença. Para facilitar a compreensão de dois termos bastante falados no *Código Da Vinci*, adianto que a rosácea é uma janela vitral circular, que costuma seguir a proporção áurea (tópico 15), como uma mandala. Suas pétalas costumam representar a visão de Deus e simbolizar a aspiração humana por completude e coerência. Suas linhas representariam os diversos caminhos que levariam à perfeição.

Já a tal *pedra-chave* é uma estrutura bastante útil e, apesar de usada pela maçonaria e normalmente ornamentada, não é tão mágica nem tem nada de secreto: é a pedra que fica no centro de um arco e sustenta todas as outras por pressão. Se você quiser entender como ela funciona sem ter de recorrer a equações, basta olhar para qualquer boca: os dentes são apoiados e exercem pressão uns sobre os outros, de tal forma que a remoção de um deles desequilibra todo o conjunto.

DESAFIO: Já que as proporções são muito usadas em catedrais e mesquitas, em que cidade há uma construção que já foi catedral, virou mesquita e hoje é um museu? De que impérios ela participou?

RESPOSTA: Este tipo de transformação é muito comum no Oriente Médio, por causa da idade das construções (e de suas diferentes ocupações). No que diz respeito a este livro, Santa Sofia (Hagia Sophia), em Istambul (tópico 19) foi a principal igreja do Império Bizantino, depois convertida em mesquita pelos Otomanos. Se você pensou na Igreja do Santo Sepulcro, em Jerusalém (tópico 14), não conte para ninguém. Do jeito que a situação na região é explosiva, o que falta é alguém propor sua transformação em mesquita.

17. Castelos, Château de La Villette e Palácio de Versalhes

Centro da França, sudeste de Paris

Sim, existem pessoas que vivem em castelos. Como a maioria dessas construções demanda reformas elétricas, sanitárias (banheiros são uma invenção relativamente recente) e dependem de autorização do governo para qualquer reforma, não se pode dizer que sejam exatamente um paraíso. Para piorar, o tamanho das propriedades costuma implicar impostos altíssimos e custos de limpeza e manutenção proibitivos. Racionalmente, qualquer mansão que não pertença ao patrimônio histórico deve ser muito melhor.

No entanto, é compreensível que muitas pessoas tenham o sonho de passar uma noite como reis ou rainhas. É por isso que a maioria dos castelos que não são do Estado (museus etc.), nem residências particulares de multimilionários, são hotéis ou alugam partes de suas instalações para eventos particulares. É o caso do *Château de La Villette*, que até o surgimento do *Código Da Vinci* não permitia visitas e só podia ser alugado por semana.

Em uma área imensa de aproximadamente 750.000 m^2 e pouco mais de 400 anos de idade, ele foi muitas vezes chamado de "pequena Versalhes", porque seus arquitetos e paisagistas estavam trabalhando no Palácio Real na mesma época. Remodelado na virada do século, hoje tem piscina, quadra de tênis, cozinha aparelhada, sala de ginástica, salão de bilhar, banheiros e telefones em todos os seus 18 quartos, luxuosamente decorados com mobiliário de época. Seu lago tem uma fonte e está cheio de cisnes, patos e peixes. É alugado para festas, casamentos e eventos particulares.

Se você pretende alugá-lo, prepare o bolso: a partir de € 8.750 por semana, na baixa estação. Para a alta estação, chega a € 12.500 pelo mesmo período, sem contar as despesas com pessoal e que, em certas épocas, só se pode alugá-lo por um mínimo de duas semanas. Considerada a logística necessária, e que não se pode fumar nem levar animais de estimação nas dependências, talvez seja mais prático se hospedar em uma boa suíte no *Ritz*.

No entanto, se quiser dar "só" uma olhadinha, deu sorte. Por causa da imensa demanda, hoje existe um *Da Vinci Code Tour*, que dura duas horas e custa € 55 por pessoa – para grupos de no mínimo 15, sem contar o transporte de Paris.

Por isso, antes que você se empolgue ao ver cartazes espalhados pela cidade oferecendo, a preços irrisórios, "tours para La Villette", sinto desanimá-lo: eles não dizem respeito ao castelo, mas à cidade das ciências no parque com esse nome – um museu de tecnologia que não tem *críptex* e cuja visita o desviaria do foco. *Villette* quer dizer "vilazinha", "cidadela"; é um nome comum.

Se você passou pela Normandia e Bretanha, talvez tenha chamado a sua atenção que, enquanto alguns castelos são verdadeiras fortificações, outros chegam a ser delicados, difíceis de se distinguir de uma casa de campo luxuosa. Na realidade, três coisas diferenciam um castelo de outro:

- Sua **função** (política, hospedagem ou proteção de território);
- Sua **estrutura** (fortificada ou não); e a
- **Época** de sua construção.

Essa diversidade é o que os faz tão bacanas – nunca se sabe o que encontrar.

Já que você vai estar na região e dificilmente ficará em La Villette mais que as duas horas do *tour*, por que não aproveitar para visitar o mais importante de todos os palácios – Versalhes?

Por mais que você já tenha visto algo luxuoso na sua vida, já adianto: NADA é como Versalhes. Para se fazer uma idéia, sua construção quase arruinou a economia do país. Repetindo: UM PALÁCIO quase quebrou A FRANÇA. Pois é. Mas arrisco dizer que, nesse caso, o investimento valeu a pena.

Para acabar de uma vez por todas com as disputas entre facções rivais de aristocratas em Paris, Luís XIV teve uma idéia arriscada e brilhante: construiu um palácio fora da cidade, mudou-se para lá, de onde passou a comandar o país. Versalhes rapidamente se transformou em centro político e administrativo, com secretarias de governo e residências para altos funcionários. Isso obrigou muitos nobres a se distanciarem de suas bases e, isolados em uma gaiola dourada, perdiam poder de conspiração. Sem liderança, vários movimentos de oposição perderam força. Rapidamente o Estado francês conseguiu pôr fim a rebeliões que duravam séculos e se tornou centralizado em volta do rei.

Tudo o que está lá é espetacular: os jardins, a sala dos espelhos, os afrescos, a decoração... mas para que você consiga ver algo, é bom chegar cedo, logo na abertura dos portões. Caso contrário vai se sujeitar a horas de fila e multidão. Às 11 da manhã os aposentos de estado estão cheios a ponto de guias usarem lenços e bandeiras para não se perderem de seus grupos.

Deixe para passear pelos jardins depois de visitar o palácio. Eles são grandes demais para serem cobertos a pé, mas evite se possível o trenzinho que o percorre, a não ser que você tenha alguma atração especial por crianças gritando, turistas folgados e ritmo de lesma. Bem melhor é alugar uma bicicleta – pode ser que você se divirta até mais do que dentro do palácio.

PRÓXIMOS PASSOS: Se você gosta de visitar castelos e imaginar como viveram seus moradores, sugiro uma visita ao Vale do rio Loire, tão rico em arquitetura quanto em história, com mais de 300 *châteaux*.

DESAFIO: Se a questão é legislar bem instalado, existe um palácio que sedia um Parlamento desde o século XIII. Que palácio é esse? A que país pertence?

RESPOSTA: *O Palácio de Westminster, em Londres (tópico 27), também conhecido como as "Casas do Parlamento". Se você pensou no Louvre, em Paris (tópico 1), saiba que o Parlamento francês é mais recente e nunca foi sediado ali.*

18. Catedrais góticas, Notre-Dame e Chartres

Paris, França

É incrível como na maioria das vezes aprendemos as coisas nos lugares errados. Na escola nos enchem de informações que esquecemos tão rápido quanto decoramos sobre formatos de igrejas, suas funções e proporção. Aí, quando se está na frente (ou dentro) de uma bela construção gótica, aparecem guias de todos os tipos, mas nenhum capaz de falar de detalhes técnicos ou inovações das construções (como, por exemplo, uma parede pode ter janelas de mais de 10 metros de diâmetro e não desabar). Fica a sugestão para alunos de Arquitetura que morem ou estudem em cidades européias históricas: organizem passeios turísticos na sua especialidade e impressionarão muitos turistas.

Apesar de o livro que inspira essa viagem ser o *Código Da Vinci*, nenhuma das cenas da história acontece em um ambiente desenhado ou decorado por ele. Aliás, o estilo arquitetônico mais comentado – o *gótico*, das rosáceas e gárgulas – já estava caindo em desuso na sua época.

Usado principalmente em catedrais européias, o estilo enfatiza estruturas verticais sem ornamentos, para destacar a insignificância do ser humano comum perante Deus ou do rei. Com essas características, atraem a atenção para os vitrais, que servem ao mesmo tempo como fonte de luz e contato com o sagrado. A fumaça de incenso cortada por raios de luz colorida dá a essas estruturas um ar mágico, reforçado ainda pelo eco das preces e sermões.

O efeito deveria ser ainda maior na época em que foram construídas, já que não havia luz elétrica e, conforme a estação do ano, não existiam muitas cores na natureza.

Vamos a alguns elementos delas:

As mesquitas muçulmanas, construídas na direção da cidade sagrada de Meca, não são as únicas construções religiosas com orientação geográfica: a maioria das Igrejas ocidentais costuma se alinhar no eixo leste-oeste, com o altar do lado leste.

Toda catedral deve ter a ***cátedra,*** trono do bispo. Costumam também ter capelas em seus lados. Igrejas comuns têm apenas uma área central, chamada de ***nave,*** onde se realizam os serviços públicos. Ela leva ao altar principal, que fica alguns degraus acima do chão.

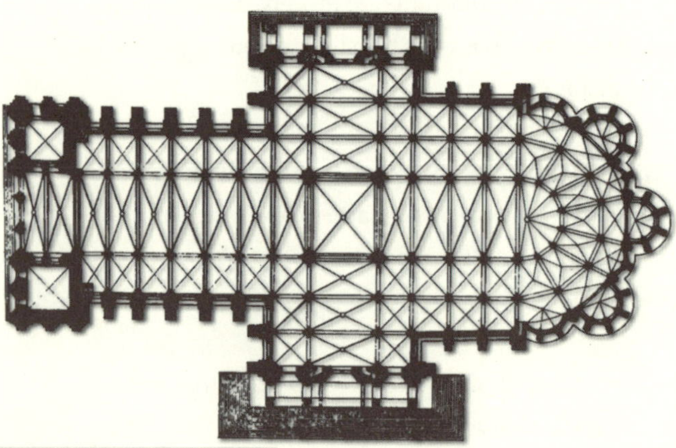

A Cátedra da Basílica de São Pedro, no Vaticano, é majestosa. Não é para menos: quem a ocupa é o Papa.

Nas igrejas em formato de cruz, o lado menor forma o ***transepto***. Alguns são maiores que a nave; outros, como o de Notre-Dame, são tão pequenos que nem saem do prédio. O lugar em que a nave cruza com o transepto pode ter um ***domo***, tradição das igrejas bizantinas reintroduzida no Ocidente, em Florença, na época do Renascimento.

O altar fica depois do transepto e mais adiante vem uma área estritamente reservada para o clero.

Os arcos enormes do lado de fora, chamados de ***arco-botantes***, não são só decoração: servem para reforçar a estrutura, permitir janelas maiores, tetos mais altos e colunas mais finas.

As ***gárgulas*** são as estátuas que ficam no teto. Têm função mística (espantar maus espíritos) e aplicação prática (escoar a água da chuva, para que não escorra pelas paredes e acabe por danificar a estrutura). Isso mesmo, são calhas decoradas. Se você não as vê funcionando hoje em dia é porque um sistema de escoamento mais moderno lhes deu a merecida aposentadoria.

Acima das janelas "comuns" fica a ***rosácea***, uma janela na forma de flor. Feita de um delicado trabalho de vidro, metal e pedra, é o símbolo mais conhecido das catedrais góticas.

Uma aula prática de arquitetura gótica em na *Notre-Dame*, em Paris. É a catedral gótica da cidade, dedicada a Maria, mãe de Jesus. Só de vê-la imponente sobre o rio Sena, na *Île de la Cité* já dá para desconfiar que boa parte da história da cidade aconteceu por ali. Era onde os cruzados rezavam antes de ir para sua guerra santa, foi onde Napoleão se coroou imperador, também foi o local do julgamento póstumo de Joana D'Arc e chegou até a servir de estábulo durante a Revolução Francesa.

No entanto é a arte, mais que a história, que surpreende e comove até o pagão mais convicto. Qualquer que seja o ponto de vista ou hora do dia, Notre-Dame é um espetáculo. Em especial a rosácea de 13 metros de diâmetro em sua parede sul, que projeta cor em sua enorme nave e dá a ela uma aparência mágica.

A catedral foi encomendada em 1159 e levou dois séculos para ser construída. Sofreu com a Revolução Francesa, quando teve muitos de seus tesouros destruídos ou roubados. Para atrair o interesse da cidade e levantar fundos para as obras de restauração, o romancista Victor Hugo inventou uma história fantástica que aconteceria no sótão da igreja, com o corcunda mais famoso do mundo e seus companheiros gárgulas. Se você quiser ver essas criaturas de perto, suba até o topo da torre sul. Só tome cuidado, porque a escadaria é estreita e ainda está na pedra original, bastante gasta e escorregadia em dias úmidos.

Em vez de tirar um monte de fotos e sair correndo, dê-se 10 minutos para meditar em um de seus bancos e observar a atmosfera do lugar, que consegue manter a serenidade mesmo quando invadida por turistas. É a sabedoria de quem certamente já enfrentou invasões muito mais agressivas.

Por maior que seja seu valor histórico, Notre-Dame não é a catedral-símbolo da arquitetura gótica. Esse título pertence à Catedral de *Chartres*, ligada à Ordem dos Templários, que fica a sudoeste de Paris. Ela é a maior da França, com mais de 150 vitrais com cerca de três mil m^2 de representações de cenas da Bíblia. Se um dia você perguntou para que servia aquele binóculo que tinha em casa, essa pode ser uma boa resposta. Quando cansar de olhar para cima, o chão também traz um desenho interessante: um labirinto com círculos concêntricos, simbolizando a via-crúcis e o caminho para o céu. Ele costuma ficar coberto boa parte do tempo. Quando abre, rapidamente é preenchido por peregrinos rezando baixinho, muitas vezes de joelhos.

São tantas as coisas para ver, em tantos lugares, que vale a pena fazer uma visita guiada. Se possível, fale com Malcolm Miller, o *expert-popstar*. Além de um grande conhecimento da história, estrutura e simbologia da catedral, ele tem ampla cultura geral, o que faz de cada visita uma nova e fascinante experiência.

PRÓXIMOS PASSOS: Se você está em Notre-Dame, aproveite para passear sem rumo por suas redondezas, na *Île de la Cité*. Um dos maiores mercados de flores da cidade, o *Marché aux Fleurs et Oiseaux*, fica ali, ao lado de uma estação de metrô cujo portão tem decoração *Art Nouveau*.

DESAFIO: O estilo gótico não tem nada a ver com os povos godos, visigodos ou ostrogodos. Muito pelo contrário, ele surgiu em uma abadia de um país ocidental. Seu nome a princípio era um insulto, sinônimo de "bárbaro" ou "pouco civilizado". Com o tempo, tornou-se neutro. Em que cidade fica essa abadia?

RESPOSTA: *Saint Denis, na região metropolitana de Paris (tópico 12). Se você pensou na Abadia de Westminster (tópico 26), saiba que ela foi construída no fim do período gótico.*

19. Constantino e Constantinopla

Istambul, Turquia

O *Código Da Vinci* fala de CAESAR FLAVIVS CONSTANTINVS PIVS FELIX INVICTVS AVGVSTVS, também conhecido como *Constantino, o Grande*. Ele foi o primeiro imperador cristão do Império Romano, responsável por sua reunificação e expansão. Se você matou as aulas de História, saiba de três coisas que ele fez:

- O ***Édito de Milão***, que tornou o Império Romano neutro com relação às crenças religiosas, encerrando oficialmente as restrições a qualquer grupo – em especial aos cristãos.

- A transformação da cidade de ***Bizâncio*** em "Nova Roma", segunda capital do Império, mais tarde conhecida como Constantinopla ("Cidade de Constantino", em latim).

- o ***Concílio de Nicéia (Nicæa)***, que legalizou e legitimou o Cristianismo no Império, unificando suas várias correntes.

Constantino era um grande estrategista. Ao se tornar chefe de Estado, logo percebeu que o Império já não estava mais em seus dias de glória e que não havia ambiente para governar em Roma. Além de ser palco para a subversão, a cidade sofria com enchentes e malária e estava muito longe dos exércitos.

Bizâncio, na época, aparecia como a alternativa ideal. Tinha um excelente porto e ficava no cruzamento do caminho terrestre que ligava a Europa à Ásia com a rota naval que unia o Mar Negro ao Mediterrâneo. Sem contar a proximidade com as fronteiras imperiais do Oriente, as províncias mais ricas na época. Lá, teria acesso fácil a boa parte de seus domínios e poderia ser prontamente defendido.

O lugar era tão bom que enquanto o império baseado em Roma se esfacelou no ano de 476, o Império Romano do Oriente, então chamado de Império Bizantino, resistiu quase mil anos a mais.

Bizâncio / Constantinopla ficava bem no meio do mundo conhecido na época.

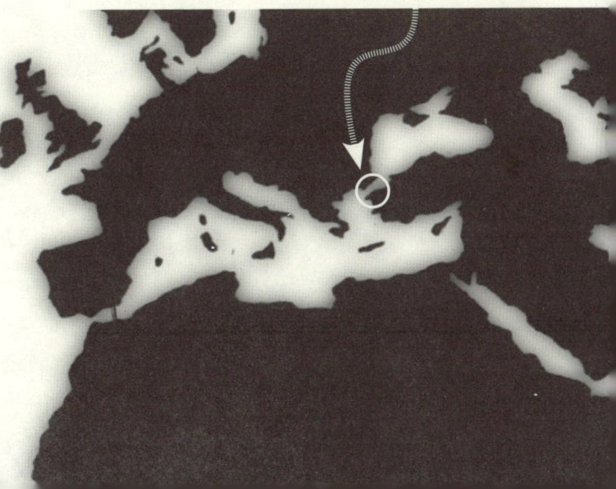

A cidade mudou de nome para *Constantinopla* (cidade de Constantino) e dominou a região até ser invadida pelos otomanos e se transformar em *Istambul*. Oficialmente localizada ao mesmo tempo na Europa e na Ásia, a cidade é tão fascinante quanto Jerusalém e certamente muito mais pacífica.

Em Istambul é comum atravessar uma rua bizantina para entrar em um mercado otomano ou sair de uma construção romana e dar de cara com um moderno prédio turco. Muitas de suas igrejas também guardam essa superposição, mas no tempo: elas foram transformadas em mesquitas e tiveram coberta parte da decoração de suas paredes, pois correntes do Islã consideravam um sacrilégio a representação de figuras humanas. Com isso os trabalhos de restauração chegam a um verdadeiro impasse: para se restaurar um mosaico se torna necessário destruir a arte islâmica feita sobre ele.

De todas as construções, a mais impressionante é a *Hagia Sophia*, ou Santa Sofia (Sabedoria, em latim). Construída há mais de 14 séculos sobre a catedral original de Constantino, por mil anos seu domo central se manteve como o maior espaço coberto do mundo. Enfrentou rebeliões, vandalismo e terremotos, foi restaurada várias vezes e mudou outras tantas de função. Serviu de igreja por 916 anos, de mesquita por 481 anos e desde 1935 é um museu. Quem vê suas paredes avermelhadas do lado de fora imaginar que o interior seja decorado com mosaicos e pilares de mármore colorido.

Como é uma das atrações turísticas mais populares da Turquia – e a primeira imagem que vem à cabeça quando se pensa em Istambul, é natural que esteja sempre chela. Mesmo assim, vale subir até o primeiro andar e reservar um tempo na frente de seus mosaicos.

PRÓXIMOS PASSOS: Em Istambul não se pode ignorar a riqueza do Império Otomano. Depois de passear pelas ruas, visitar igrejas convertidas e o Museu de Mosaicos, vale a pena conhecer as grandes construções islâmicas. Em especial as Mesquitas de *Süleymaniye* e de *Sultanahmet* (também chamada de *Mesquita Azul*, em frente à Hagia Sophia). Outro passeio interessante é o Palácio *Topkapi*, museu do Império, para se imaginar como vivia um sultão. Teste a vocação do povo para o comércio visitando o *Grand Bazaar*, um dos maiores mercados cobertos existentes. Conhecido por suas joalherias, lojas de cerâmica e tapetes, traz uma inevitável sensação de viagem no tempo. O mesmo vale para o *Mercado de Especiarias*, fiel ao espírito da época em que se enfrentava um oceano dentro de um barco a vela atrás de pimenta-do-reino.

DESAFIO: Que outro rei fez como Constantino, mudando a sede administrativa de uma capital milenar para conseguir controle administrativo, enfraquecer a oposição e unificar o país?

RESPOSTA: *Luís XIV, que saiu de Paris e instituiu em Versalhes (tópico 17) o centro do governo. Apesar de Marselha (tópico 8), ter fornecido muitas das tropas que fizeram a Revolução Francesa, Napoleão Bonaparte nem cogitou deixar Paris.*

Trecho dos Manuscritos do Mar Morto. Museu Arqueológico de Amã, J

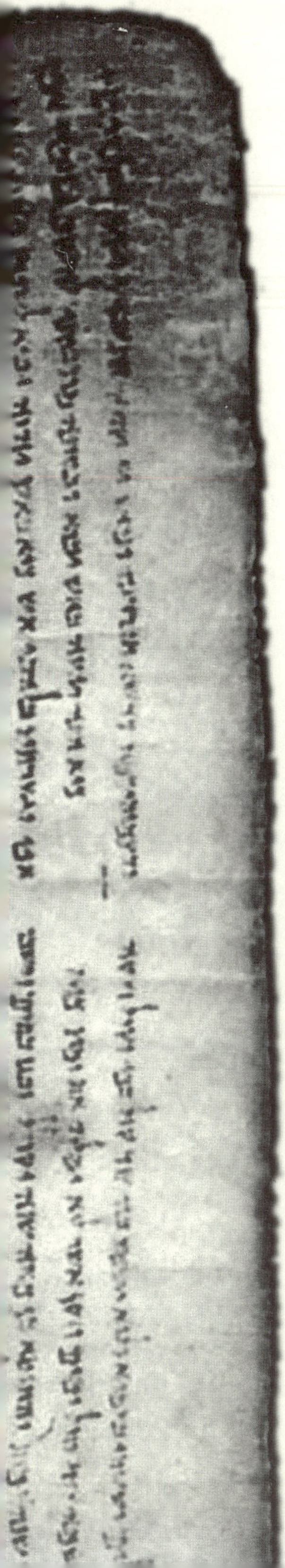

20. *Manuscritos em Nag Hammadi e do Mar Morto*

Egito & Israel

Um dos personagens do *Código Da Vinci* defende que os manuscritos gnósticos (pertencentes a grupos religiosos que cultuavam o *gnosticismo*, crença rival do cristianismo apostólico), encontrados na cidade egípcia de Nag Hammadi, bem como o conjunto de pergaminhos descobertos em *Qumran*, no deserto da Judéia (Israel), mostrariam versões alternativas para a Bíblia, que Constantino haveria tentado erradicar.

Isso não é improvável, mas pode ser que o objetivo fosse simplesmente prático, sem má-fé. Afinal de contas, naquela época existiam diversas correntes do cristianismo, cada uma com um conjunto de valores e quase todas elas baseadas em tradição oral, a compilação escrita pode ter buscado eliminar contradições. Mesmo que, para isso, fosse obrigada a desconsiderar alguns textos e, naturalmente, ferir crenças. Mas esta é só a minha opinião.

Independentemente de qualquer consideração religiosa, a Biblioteca de Nag Hammadi é uma coleção de mais de 50 textos de extrema importância histórica, alguns com enorme profundidade simbólica e filosófica. Além de detalhar rituais e experiências vividas por Jesus e outros profetas, eles trazem versões alternativas para os mitos da criação e redenção divina, fazem observações e comentários sobre a natureza da realidade, da alma e da relação entre ambas e tratam da divinização da sabedoria como símbolo da busca pela verdade. São documentos fascinantes para gente de qualquer fé.

Os Manuscritos do Mar Morto, uma coleção de mais de 800 textos, não ficam atrás. Apesar de descobertos há cerca de 60 anos, cerca de 15% deles ainda não foram decifrados. Entre eles estão alguns dos mais antigos manuscritos bíblicos conhecidos, o que, entre outras coisas, ajuda a conferir traduções e diminuir conflitos. Outros dos escritos trazem informações valiosas sobre os credos e práticas do judaísmo antes do nascimento da cristandade.

Tão mágica quanto os próprios documentos é a história de sua descoberta. Walt Disney não pensaria em algo melhor. Tudo começou com uma ovelha (ou cabra, não se sabe ao certo) perdida, lá nos anos 1930-40. O pastor já estava cansado de procurá-la nas frestas de rochas da região, um provável refúgio do sol escaldante. Na esperança de assustar o bicho e localizar a cabeça desgarrada de seu rebanho, o paciente beduíno ia jogando pedras de caverna em caverna. Em uma delas, no entanto, a pedra fez um barulho bastante conhecido, mas estranho para o lugar: um "CREC" de pote quebrado. Ele entrou para investigar e achou vários vasos antigos de cerâmica, contendo rolos embrulhados em linho. Não parece uma história do *Tio Patinhas*?

Continuando a história: os pergaminhos foram levados a Belém para um comprador de antigüidades, que os devolveu por desconfiar que tinham sido roubados. De mão em mão, acabaram parando na Igreja Ortodoxa Síria, que depois de uma avaliação determinou que eram mesmo antigos. A partir daí começou uma "caça ao tesouro". Mais rolos apareceram no mercado de antigüidades e mais mãos se assanharam. Infelizmente o manuseio indevido acabou por destruir alguns deles, cuja memória só foi preservada por terem sido fotografados.

NUNCA
*compre algo sem
pechinchar em
um mercado
do Oriente Médio.
Além de pagar mais caro,
você corre o risco de ofender o vendedor.*

PRÓXIMOS PASSOS: Até a época de *Indiana Jones*, a arqueologia era quase um esporte de aventura radical. Exploradores como Richard Francis Burton viveram cenas tão incríveis que, se virassem filme, dificilmente acreditaríamos nelas. Entre suas descobertas está o livro com o conjunto de histórias, que ele chamou de *Noites Árabes* e que conhecemos como *Mil e uma noites*. Para uma imersão completa nesse espírito, vale ler, além das fábulas contadas pela princesa *Sherazade*, os poemas *Rubaiyat*, de Omar Khayyam, e a biografia de Burton, com sua busca pelas nascentes do rio Nilo, chamada *Montanhas da Lua*.

DESAFIO: Já que falamos de mistérios religiosos e peregrinação, que organização religiosa de grande poder financeiro patrocinou a peregrinação de fiéis em busca de uma interpretação mais pessoal da relação com Deus? Onde ficava uma de suas sedes com grande influência política?

RESPOSTA: *Essa é fácil, os Cavaleiros Templários, com sede na Temple Church (tópico 22), tão importante que o rei da Inglaterra patrocinou sua construção e tinha o desejo de ser enterrado ali. Se você pensou no Opus Dei (tópico 7), saiba que, apesar de defender uma aproximação com o divino e ter grande poder político e financeiro, não tem o hábito de patrocinar peregrinações.*

21. Os cadernos de Leonardo

Espalhados por aí.

Os cadernos de Leonardo são, de certa forma, anotações sem compromisso como as deste livro. Por isso resolvi escrever um breve relato de sua história:

O termo *Códex* é usado para um documento antigo da Bíblia guardado na Biblioteca do Vaticano (*Codex Vaticanus*), para alguns dos manuscritos de Nag Hammadi e para os cadernos escritos por Leonardo da Vinci. A conclusão apressada a que se poderia chegar é que ele realmente era membro de uma organização secreta ou, no mínimo, bastante influente na Igreja Católica. Calma aí. Se há pistas dessa relação, certamente não têm nada a ver com a palavra *Códex*, que quer dizer apenas "um conjunto de manuscritos em forma de livro".

Nosso artista-arquiteto-engenheiro-cientista predileto não deixou muitas pinturas, mas suas observações sobre a natureza das coisas e boa parte de suas geniais invenções foram registradas em diversos cadernos. Era uma composição multimídia, em anotações e desenhos tratando de arte e ciência. A impressão que se tem é que ele misturava assuntos e que seus escritos eram uma verdadeira bagunça.

Não é dele a culpa da desordem que se vê hoje nos diversos *Códices*. Ao morrer, na França, Leonardo deixou-os para *Francesco Melzi*, seu principal discípulo, junto com algum dinheiro, roupas, livros, desenhos e material de pintura. Melzi guardou-os com cuidado e até tentou doá-los a instituições quando voltou para a Itália. Para nosso azar, ninguém se interessou.

Os herdeiros de Melzi, sem idéia da importância daquele material, guardaram parte da papelada em um galpão, rasgaram algumas páginas, deram partes para os amigos ou os venderam como curiosidade para colecionadores.

Este não seria o maior golpe que as anotações sofreriam. Quase um século depois, o escultor Pompeo Leone resolveu "dar uma arrumada" nos manuscritos a que teve acesso e – sacrilégio! – rearranjar a ordem do conteúdo. É certo que não existiam *scanners*, computadores ou copiadoras naquela época, mas ele não precisava recortar e emendar as folhas para separar os esboços artísticos dos técnicos.

Sem ninguém para frear tal insanidade, Leone fez pelo menos seis volumes. Com sua morte, os manuscritos foram separados. Parte passeou pela Itália, outros foram confiscados por Napoleão Bonaparte e dados como perdidos em Paris, alguns caíram na mão de austríacos e uma parte ficou na Espanha. Certos trechos só foram reencontrados quase por acaso há cerca de 40 anos, em uma faxina nos arquivos da Biblioteca Nacional de Madri.

Os cadernos registram muitas invenções fantásticas, como um tanque de guerra, um pára-quedas e protótipos de um helicóptero. Como nenhuma dessas invenções foi publicada até o século XIX, não se pode dizer que ele tenha influenciado a ciência de sua época. Em outras palavras, não é verdade que tenha "inventado" aquelas máquinas – ele só imaginou sua possibilidade, como Júlio Verne fez com a viagem à Lua.

Tem gente que acredita que sua escrita de trás para diante era uma espécie de código secreto, para esconder suas descobertas. Honestamente, acreditar nisso é subestimar a inteligência de Leonardo (e de seus eventuais espiões). Qualquer criança seria capaz de decifrar um código desses.

Uma explicação mais sensata e corriqueira é que ele era canhoto – se você escreve com a mão esquerda, sabe que não dá para usar canetas-tinteiro, pois a mão passa por cima da tinta. Imagine então fazer isso em um caderno, a bordo de uma carruagem. Como a caneta esferográfica ainda não tinha sido inventada, ele teve uma idéia simples e criativa: escrever da direita para a esquerda, como os árabes.

Os principais manuscritos são:

- **Codex Arundel** (escrito entre 1480 e 1518): 238 páginas com estudos de geometria, pesos e arquitetura e notas sobre a residência real de François I. Aqui está seu tanque de guerra. *British Library, Londres.*

As imagens das págs. 120-3 foram retiradas de ilustrações dos cadernos de Leonardo da Vinci. Locais relacionados nas páginas 122-3.

Com tanta coisa interessante para pensar, não é à toa que Leonardo tinha dificuldade em terminar suas obras.

• **Codices Ashburnham** (escritos entre 1489 e 1516): 12 documentos sobre hidráulica, arte militar, óptica, geometria e o vôo dos pássaros, divididos em dois grupos. Seu helicóptero está aqui. Ele não funcionaria, pois a cabine giraria no sentido oposto da hélice. Sem contar que não há ser humano capaz de girar as manivelas na velocidade necessária. *Institute de France, Paris.*

• **Codex Atlanticus** (escrito entre 1480 e 1518): vários desenhos em 12 volumes, com 1119 páginas de diversos tamanhos. Tratam de matemática, geometria, astronomia, botânica, zoologia, artes militares, estudos sobre o vôo dos pássaros e projetos de máquinas de voar. *Biblioteca Ambrosiana, Milão.*

• **Codex Trivulzianus** (escrito entre 1487 e 1490): 55 folhas com estudos sobre arquitetura e temas religiosos. *Biblioteca Trivulziana, Castello Sforzesco, Milão.*

• **Codex "Sobre o vôo dos pássaros"** (escrito aproximadamente em 1505): 17 páginas que tratam de sua paixão com rigor científico e descrevem em detalhe a mecânica do vôo, a resistência do ar, ventos e correntes. *Biblioteca Reale, Turim.*

• **Codices Forster** (escritos entre 1490 e 1505): três cadernos com estudos de geometria, pesos e máquinas hidráulicas. *Museu Victoria & Albert, Londres.*

• **Windsor folios** (escritos entre 1478 e 1518): aproximadamente 600 páginas que tratam de anatomia, geografia, estudos de cavalos, desenhos, caricaturas e uma série de mapas. *Coleção Real do Palácio de Windsor, Londres.*

• **Madrid Codices** (escritos entre 1490 e 1496): encontrados na Biblioteca Nacional de Madri. 197 páginas que tratam de estudos de geometria e mecânica.

• **Codex Leicester** (escrito entre 1504 e 1506): tem esse nome porque foi comprado pelo conde de Leicester, em 1717. Em 1980 foi adquirido por Armand Hammer, que passou a chamá-lo de "Codex Hammer". Em 1995 foi comprado por Bill Gates por US$ 30,8 milhões e teve seu nome original restituído (tomara que ele não mude de idéia e o transforme no *Códex Windows*). 64 páginas com estudos de hidráulica, geologia e óptica.

PRÓXIMOS PASSOS: Outro cientista é conhecido por sua imensa curiosidade com relação aos processos naturais e, como Leonardo, tornou-se uma das principais referências do pensamento moderno. Seu nome é *Charles Darwin* e sua teoria sobre a seleção natural em sido aplicada até em projeções especulativas sobre a vida em outros planetas. *A Origem das Espécies* é um livro bastante acessível e interessante, e está disponível em qualquer livraria.

Se seu interesse é pela obra de engenharia de Leonardo, vale a pena visitar outro clássico: o *Philosophiae Naturalis Principia Mathematica*, de Isaac Newton, é outra excelente viagem.

DESAFIO: Galileu Galilei, como Leonardo, também gostava de inventar coisas e observar os céus, o que acabou levando-o a situações constrangedoras com o Vaticano. Em que lugar é mais evidente o reconhecimento tardio do valor desse cientista pela Santa Sé ? Qual é a sua invenção mais popular?

RESPOSTA: *Castel Gandolfo (tópico 13). O telescópio inventado por Galileu para observar estrelas o fez chegar à conclusão de que nosso planeta não era fixo no espaço, e isso quase lhe rendeu a fogueira. Além da utilização de sua invenção na residência papal, o jornal científico que o Observatório do Vaticano publica traz o nome Galileo. Se você pensou no Museu Britânico (tópico 33), saiba que, apesar de ser inicialmente uma instituição que tentava compilar o conhecimento do mundo, hoje se especializa em arqueologia. Os cadernos de Leonardo estiveram lá, depois foram transferidos para a Biblioteca Real, em outra sede.*

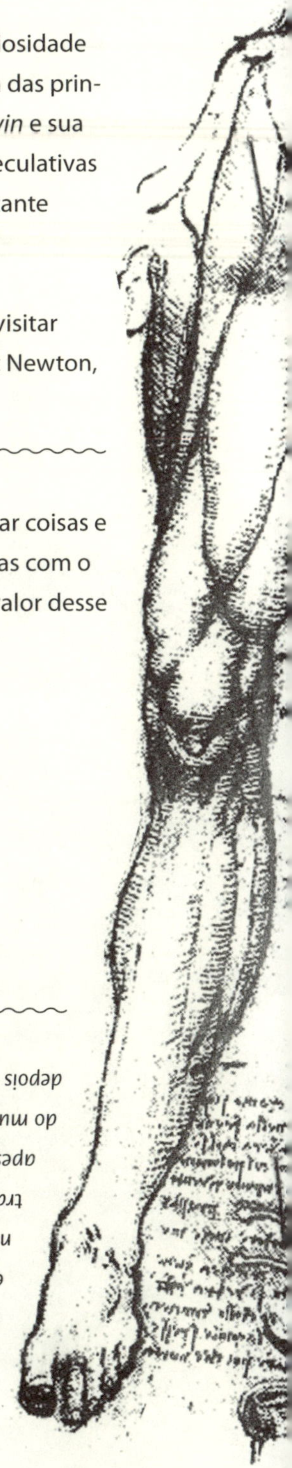

22. Temple Church

Londres, Inglaterra

—"Fleet Street?" — pergunta, indignado, um dos personagens. "Tem uma cripta em Fleet Street?".

A indignação é compreensível. *Fleet Street* não é só uma rua movimentada de Londres. É um símbolo. As redações dos principais jornais britânicos estiveram ali durante muitos anos – e mal se ouvia falar nessa igreja. Ela fica no centro da cidade, cercada de prédios de escritórios, próxima à região financeira chamada *City* – e mal é conhecida. Suas paredes centenárias guardam um órgão de fama mundial – mas mesmo dentro do circuito de música erudita, pouco se comenta dela. Seu jardim, um pequeno santuário no meio da cidade, já deu origem a uma guerra e foi retratado em uma peça de Shakespeare – e, no entanto...

Temple Church – a igreja construída pelos Cavaleiros Templários em Londres – não chama a atenção porque a cidade que se ergue em torno dela é um espetáculo de diversidade, cheia de "cantinhos", praças e construções antigas entre prédios de arquitetura futurista. Por ali é difícil achar algo que pertença exclusivamente a uma época. Se hoje é cercada por grandes edifícios e invisível para quem passa apressado, isso não é culpa dela – a cidade cresceu à sua volta e muita coisa mudou nos últimos oito séculos e meio.

Inaugurada no século XII pelo Patriarca de Jerusalém, a Temple Church de então não era tão austera. As constantes restaurações para diminuir danos causados por diversos ataques – do grande incêndio de Londres em 1666 ao bombardeio alemão na II Guerra Mundial – explicam porque ela não tem a mesma vividez de outras igrejas templárias, como a catedral de Chartres.

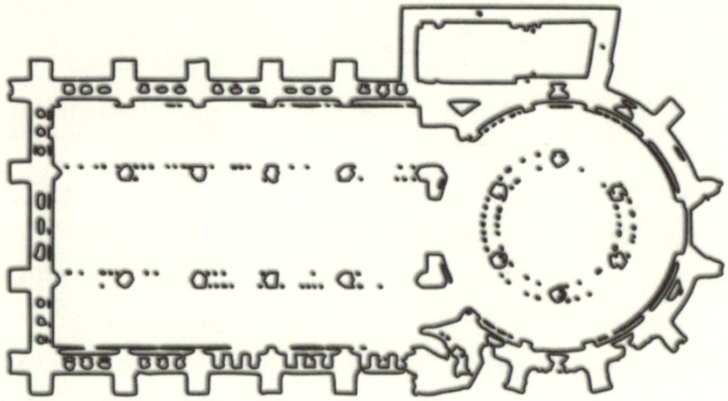

Ela era o local mais importante para os Templários em Londres e centro de suas atividades na Grã-Bretanha. Para eles, ser enterrado ali tinha o mesmo valor simbólico que em Jerusalém.

Embora sua construção circular chame a atenção, o que realmente impressiona são as tumbas com as efígies dos antigos cavaleiros enterrados ali, a tal *cripta*. Cada túmulo é representado por uma estátua deitada sobre ele, em uma disposição tenebrosa, para se dizer o mínimo. Elas parecem fantasmas prestes a se levantar a qualquer instante. O ambiente frio e escuro, acompanhado pela garoa e nevoeiro londrinos, complementa o clima.

Para aumentar o clima fantástico, é só olhar com cuidado que você vai reparar que os olhos das efígies estão abertos. Além disso, todos os cavaleiros foram retratados jovens, por volta dos 30 anos. É a idade que Jesus tinha quando morreu e com a qual, segundo a Bíblia, retornarão do reino dos mortos.

Mais que a memória de pessoas de muito tempo atrás, elas parecem cavaleiros congelados em pedra, eternamente preparados para proteger a volta de seu Senhor e travar batalhas encerradas há mais de sete séculos.

PRÓXIMOS PASSOS: Para levantar um pouco o espírito depois desse passeio assustador pela Temple Church, dê um pulinho até a *Catedral de St. Paul*, ali do lado. Ela foi inspirada na Basílica de São Pedro, de Roma. A vista de Londres a partir de seu terraço, em especial no pôr-do-sol, compensa a subida de quase 100 metros. Se possível, assista a uma apresentação de seu coro de meninos. São 30 garotos para os timbres agudos e 18 adultos para os outros tons. Eles cantam todos os dias (três vezes aos domingos) há quase nove séculos (não os mesmos meninos, óbvio).

DESAFIO: Que outra igreja é famosa por sua acústica e órgão, mas que, depois do *Código Da Vinci*, praticamente todos que a visitam vêm olhar para o chão?

RESPOSTA: *Igreja de St. Sulpice, Paris (tópico 2). A "Linha Rosa" distrai a atenção até de afrescos de Delacroix. Se você pensou na Chapter House (tópico 27), é verdade que a história a colocou em evidência, mas ali não há nada para se ver no chão.*

UNITED KINGDOM

23. Londres

Inglaterra, Reino Unido

Um avião executivo pousa em Kent e os personagens do *Código Da Vinci* vão de lá direto para Londres. Como não falam nada da paisagem na rodovia (nem haveria muito para se falar por ali), resolvi usar esse capítulo para dar uma visão geral da capital da Inglaterra e Reino Unido.

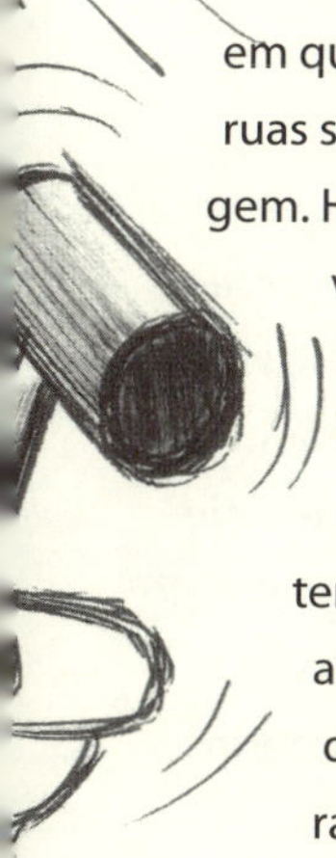

Desde a década de 1960 Londres é a meca dos movimentos *pop* – a *Swingin' London*, dos Beatles, Rolling Stones, Mary Quant e tudo o que veio depois deles. Mesmo assim, muita gente ainda se espanta ao ver tantos jovens sonhando em ir para lá. Ela não é a cidade da Família Real, das velhinhas, fog e chá? Se você assistir a filmes como *Snatch – porcos e diamantes*, por exemplo, verá que na verdade Londres é muito diferente. Provavelmente por herança dos tempos em que o Império Britânico tinha colônias em todos os continentes, suas ruas são uma passarela de referências culturais, línguas, roupas e maquiagem. Homens com turbantes, saias escocesas, tranças jamaicanas; mulheres vestidas com *chador*, costumes de seda indianos; batas africanas para ambos os sexos; narizes com *piercing*; testas pintadas e ornamentadas com jóias; cicatrizes tribais e as tradicionais tatuagens dos marinheiros compartilham dos mesmos espaços públicos que o terno risca-de-giz e o chapéu-coco há mais de um século. Desde a infância o londrino está habituado à variedade e à afirmação de identidade através da roupa, o que faz dele muito mais tolerante. Em Londres tem de tudo, para todos os gostos.

A história da cidade tem muitos pontos em comum com a de Paris. Ambas são antigos assentamentos romanos, cresceram à beira de rios e chegaram a se tornar importantes potências mundiais; foram sedes de monarquias poderosas e tiveram relações conturbadas com a Igreja Católica; receberam imigrantes de colônias do mundo inteiro etc. Mesmo assim, as duas cidades são completamente diferentes e o Barão Haussmann (tópico 5) é só parcialmente culpado.

A Polícia inglesa não costuma andar armada. Isso não significa que "liberou geral", muito pelo contrário.

Como em outras cidades européias, qualquer obra no centro de Londres pode se tornar uma expedição arqueológica. Mesmo assim, seus habitantes vêem com menos pudor o surgimento de estruturas pós-modernas de alumínio e vidro entre os prédios medievais. Só um desapego desses justificaria construções como o *30 St. Mary Axe*, que, apesar de ter uma estrutura inovadora, orgânica e resistente ao vento, não conseguiu se defender do apelido de "Pepinão".

Londres não enfrenta restrições administrativas quanto a seu tamanho, mas é curioso que tenha um centro de interesse ainda menor (e, por sorte, bem mais plano) que o de Paris. Por isso compre um guia de ruas, coloque-o no bolso e prepare-se para andar e andar e andar... Nada melhor que percorrer curtas distâncias no centro de Londres a pé. Se você fala inglês, pode até pegar uma *walking tour*, caminhada temática que mostra coisas inimagináveis (dependendo do guia, muitas cenas são mesmo inventadas).

Só não se esqueça de olhar sempre para as duas direções quando for atravessar uma rua. As faixas de pedestre avisam: OLHE PARA A DIREITA. Por algum motivo esdrúxulo, os veículos do Reino Unido andam na mão contrária – segundo eles, o resto do mundo é que anda na contramão – e o melhor que poderá acontecer se você olhar para o lado errado será uma boa buzinada, acompanhada de gritos em um idioma obscuro. Talvez seja melhor permanecer na ignorância.

Essa língua é o *cockney*, quase um dialeto popular do inglês, nascido do casamento entre diversas expressões em um sotaque impenetrável, fruto de constantes influências de povos estrangeiros. Costuma ser falada muito rapidamente por quase todo mundo, com um som bem diferente daquele que a BBC ensinou.

O "Pepinão" resiste melhor aos ventos, não trepida e é mais silencioso. Honestamente, quem se importa?

Olhe DIREITO. Olhe para a DIREITA.

Se estiver chovendo (uma das coisas mais fáceis de acontecer) ,você poderá usar um dos mais abrangentes sistemas de transporte público do mundo. Ônibus de dois andares, metrô, táxis pretos... Não é à toa que mais de um terço dos londrinos não tem carro nem sente falta de um – até porque eles custam caro, não há vagas para estacionar e para se guiar nas ruas do centro é preciso pagar pedágio.

Um dos sistemas mais antigos e abrangentes do mundo, o metrô é chamado de *tube*, e não é para menos – as passagens são tubulares, os trens também. Seu símbolo é tão universalmente conhecido quanto seu mapa, que, apesar de ser um colosso de *design*, não é exatamente preciso.

Transport for London. http://www.tfl..gov.uk

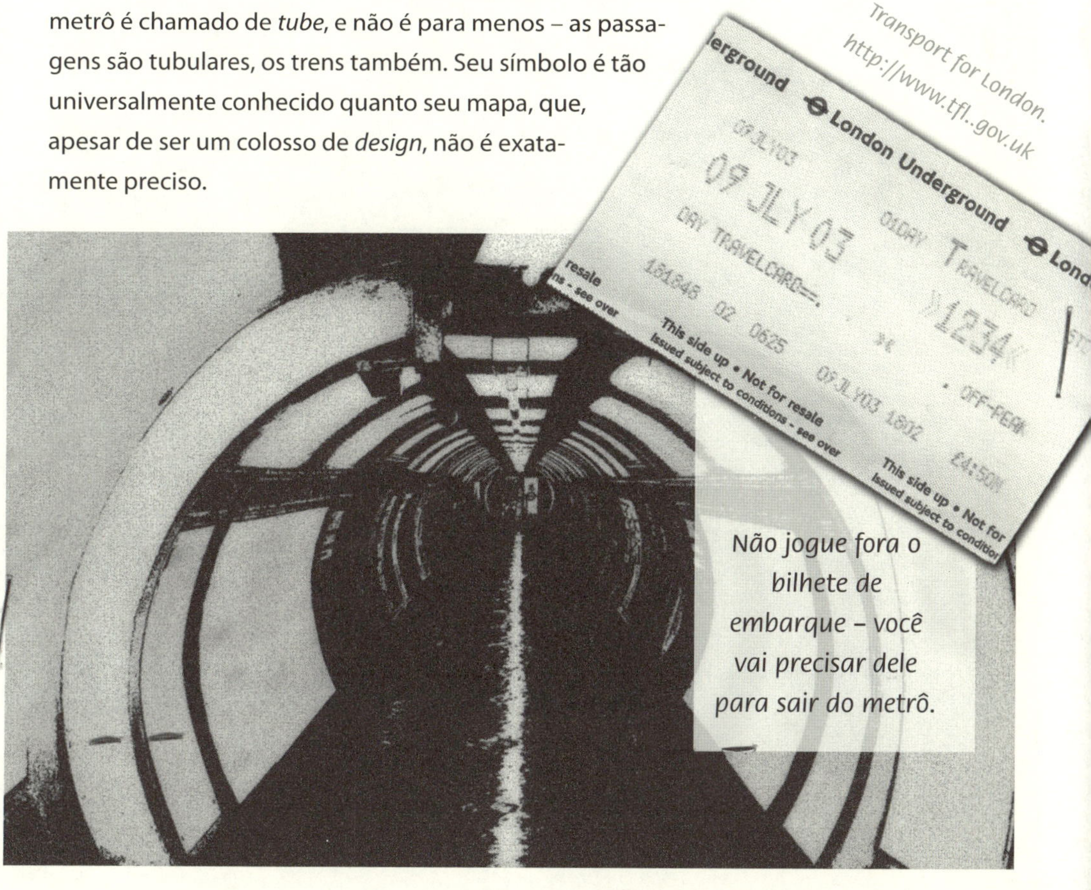

Não jogue fora o bilhete de embarque – você vai precisar dele para sair do metrô.

Transport for London. http://www.tfl..gov.uk

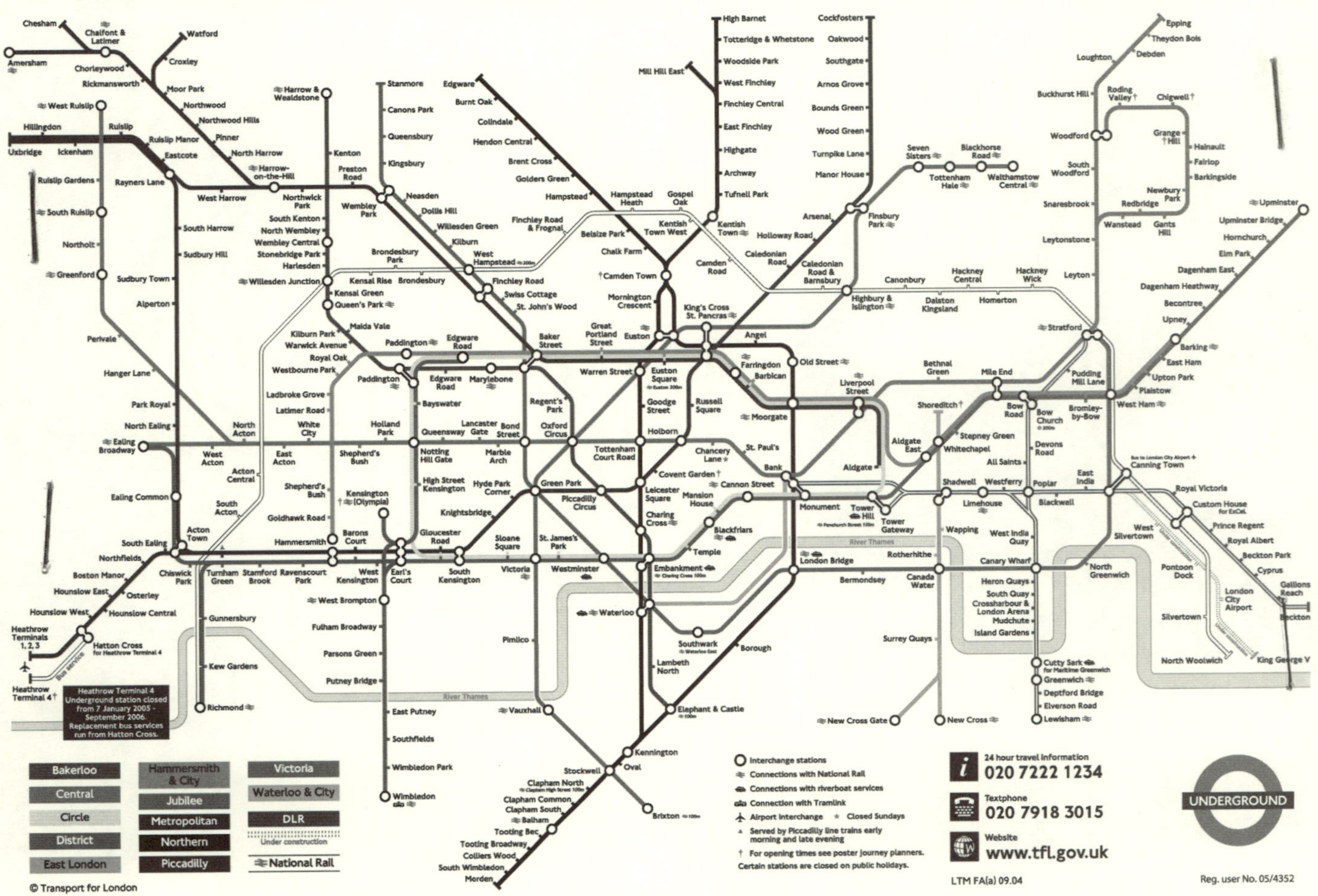

Lindo, não? Pena que às vezes as coisas estão muito mais longe que parecem, já que nenhuma cidade é assim.

Transport for London. http://www.tfl..gov.uk

Os ônibus *double-decker,* de dois andares, também são típicos e correm a cidade inteira. O mais divertido neles é sentar no andar de cima (onde ficaria a direção de seu carro) e morrer de susto cada vez que o motorista fizer uma curva.

Até os táxis de Londres são característicos: os populares *black cabs* (não mais tão pretos nesses dias de propaganda adesivada, o que é uma pena) vêm com um banquinho dobrável, de costas para a rua. É divertido viajar nele, como se estivesse em uma carruagem antiga. Seus motoristas são uma atração à parte. Para conseguir sua habilitação profissional, precisam conhecer muito bem o mapa da cidade, por isso chegam a qualquer lugar central sem pedir referências. A tarifa não é barata, mas não se costuma dar gorjetas.

Além de todas essas opções, existe um bom programa para os dias sem chuva: ônibus turísticos de dois andares com o teto aberto. Eles circulam pelas principais rotas e seus guias costumam dar uma boa introdução aos lugares mais procurados (é recomendável fazer isso em Paris também). Dá para descer em qualquer parada, olhar a vizinhança e pegar o seguinte. Eles funcionam das 8:30 às 18 horas, mas é bom chegar cedo para aproveitar melhor o dia. Por mais que você se interesse por algum lugar, evite visitá-lo até completar a rota do ônibus. Assim você poderá ver tudo o que acha que "precisa", voltando para os mais interessantes depois. Assim se descobre quais são as atrações turísticas mais cheias, quais têm filas e o que dá para se fazer a pé.

Se estiver frio, saia com um cachecol, gorro ou boné. A temperatura muda completamente em minutos; não neva, mas a combinação de chuva gelada com vento forte é um horror. Se o céu não estiver turquesa, o guarda-chuva é quase obrigatório. Mesmo quem não tem o hábito de usá-lo acaba cedendo.

Para ficar no clima medieval da Temple Church (tópico 22), minha dica é visitar a *Torre de Londres*. Ela foi construída como fortaleza medieval para guardar os limites da cidade original. Depois serviu como arsenal, tesouro, palácio, local de execução, prédio público, observatório, refúgio e, claro, prisão. Hoje é um museu que guarda algumas coleções de armamentos e as jóias da Coroa.

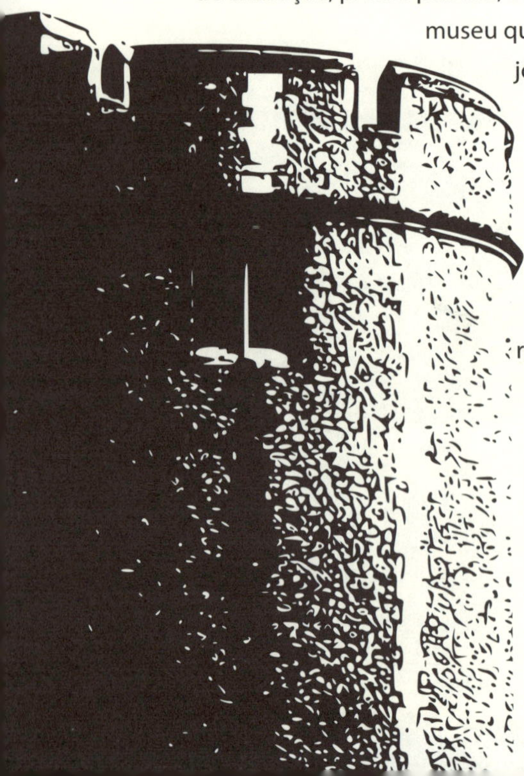

Para mim, o principal charme da coleção não está no valor das jóias, mas em suas características. Ela não é só a vitrine de um museu, mas também uma coleção ativa. Muitas vezes tem objetos que não estão expostos por estarem simplesmente "em uso".

A excelente conservação dos prédios e seu jardim impecável fazem com que a Torre de Londres não pareça uma fortaleza, mas um castelo simpático, quase romântico.

Será que a peça "torre" do jogo de Xadrez foi inspirada na Torre de Londres?

Até mesmo os corvos que voam por ali dão um ar místico ao lugar. Diz a lenda que enquanto houver corvos na Torre, o Reino estará protegido. Por via das dúvidas, o governo mandou apararam as asas de alguns e assumiu a responsabilidade pelo sustento dos pássaros.

Recomendo o passeio com os *Yeoman Warders*, também conhecidos como *Beefeaters*. É o nome do batalhão que guarda a Torre desde o século XIV e que hoje faz rotas encenadas, divertidas se você entrar no clima. Um deles tem um dos títulos profissionais mais curiosos que eu já ouvi: *Ravenmaster* – mestre dos corvos. E você não gostava do seu emprego...

PRÓXIMOS PASSOS: Ali do lado fica a famosa *Tower Bridge*, com seu basculante, também símbolo da cidade. Muita gente a confunde com a *Ponte de Londres*, que na verdade é sua vizinha, uma estrutura sem graça de concreto. Se você quiser, poderá subir nas torres. A vista lá de cima é comparável à da Catedral de St. Paul (tópico 22).

DESAFIO: Que outro castelo citado neste livro é uma fortificação com a mesma função que a Torre de Londres? Em que cidade fica?

RESPOSTA: *O Château de Creully, na cidade de mesmo nome, Normandia (tópico 8). É uma fortaleza do século XI que resistiu a diversas batalhas e foi palco de reuniões de chefes de Estado no final da II Guerra Mundial. Se você pensou em Castel Gandolfo (tópico 13), saiba que ele não é um castelo, mas uma cidade na montanha.*

24. Parques de Londres

Londres, Inglaterra

A parte da história que se passa em Londres acontece em um dia chuvoso. Mesmo assim, uma das cenas é ambientada em um parque. Pausa obrigatória no meio da correria, os parques de Londres são a cara da cidade, embora mais bonitos na primavera ou verão, quando a vontade de andar descalço pela grama é quase irresistível. Como a região em volta (quase) não tem arranha-céus, a sensação de amplitude é imediata.

Os parques de Londres eram, em sua maioria, remanescentes da floresta que cercava a cidade. Aos poucos elas foram incorporadas pela Monarquia como reservas particulares para caça e, com o tempo, abertos para o público.

É a história do *Regent's Park*, meu preferido. Desenhado em 1817-28 para ser parte de um palácio de férias para o Príncipe-regente que mais tarde se tornaria George IV (por isso o nome).

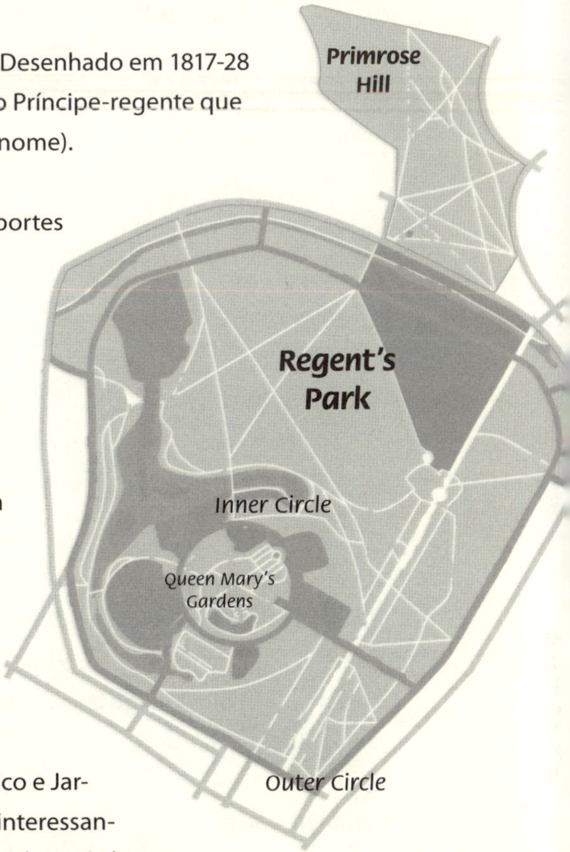

Ele cobre quase 2 Km^2, a maior área para esportes a céu aberto da cidade. Tem dois lagos em que se pode alugar um barco a remo, *playgrounds*, quadras de tênis, palcos para performances ao ar livre, um café e um teatro a céu aberto. Vivo no verão, seus gramados costumam encher em finais de semana quentes. O parque é margeado por uma rua chamada de *Outer Circle* (círculo externo), com mais de 4 quilômetros. Dentro está o *Inner Circle* (círculo interno), com vários jardins floridos, em especial o *Queen Mary's Gardens*.

A parte norte do parque hospeda o Zoológico e Jardim Botânico, mas eles são pequenos e desinteressantes. Um passeio mais interessante é atravessá-los até chegar a um pequeno canal. Dali, se seguir em frente, vai parar em *Primrose Hill*, um morrinho com vista para Londres inteira. Se caminhar às margens do canal, poderá ir até o bairro de *Camden Town*, reduto de músicos e artistas. Seu mercado de moda independente ferve nos finais de semana.

O mais conhecido dos parques é o *Hyde Park*, que serviu de inspiração para os *Bois de Boulogne* e *Vincennes*, em Paris. Ele foi comprado dos monges da Abadia de Westminster em 1536, aberto ao público um século depois e, desde então, está intimamente ligado à história da cidade.

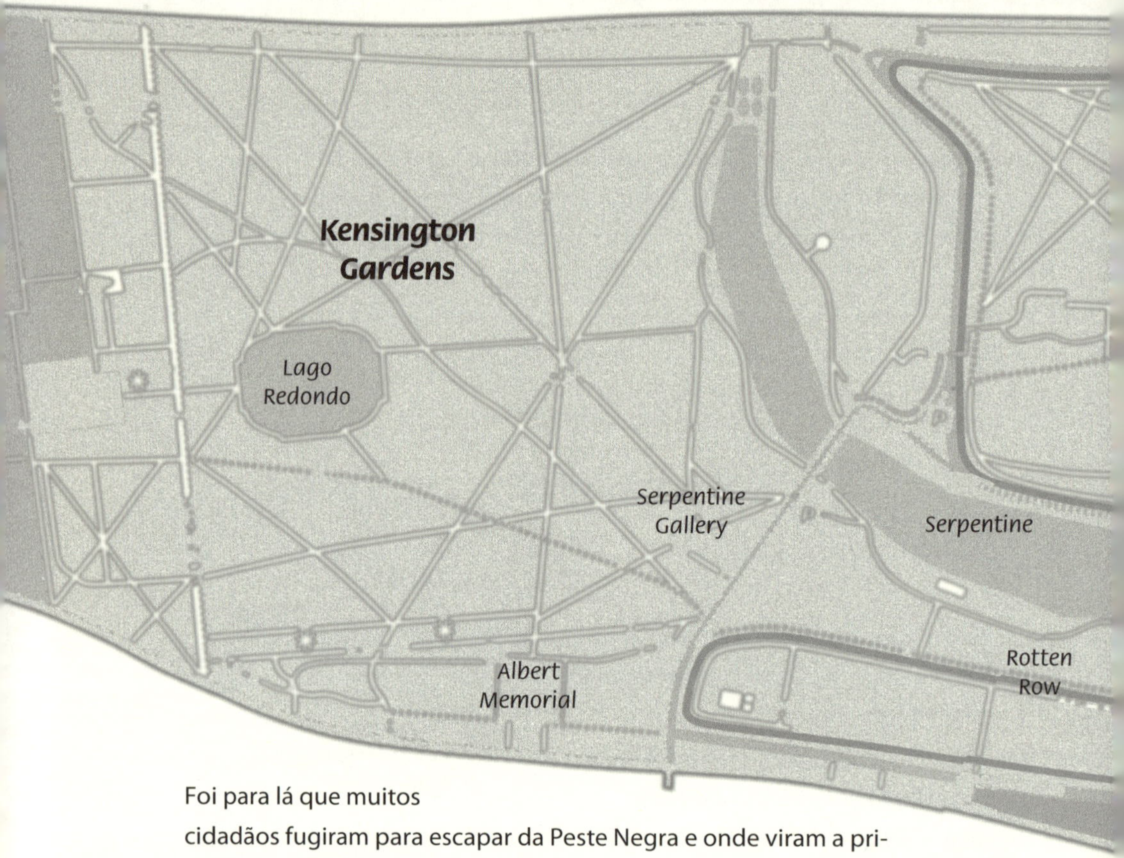

Foi para lá que muitos cidadãos fugiram para escapar da Peste Negra e onde viram a primeira rua com iluminação artificial, encomendada pelo rei William III para que pudesse ir em segurança até o palácio de St. James. Esse caminho é chamado hoje de *Rotten Row* – algo como "fila podre", em inglês. Na verdade é corruptela do francês *Route de Roi*, rota do rei.

Também é ali que fica a *Speakers' Corner*. Uma lei de 1872 torna legal a formação de grupos e realização de discursos naquele canto do parque, qualquer que seja o tema. Um autêntico reduto da liberdade de expressão. Durante um bom tempo, foi palco de manifestações políticas e pregações religiosas, mas recentemente parece que as pessoas perderam o interesse por ele.

Não sei se é por causa da internet ou de uma oferta maior de canais de comunicação, mas nas últimas vezes que passei por lá vi o espaço vazio. Quando ocupado, parecia mais o palco de um maluco berrando insanidades para uma platéia de dois ou três do que algo significativo.

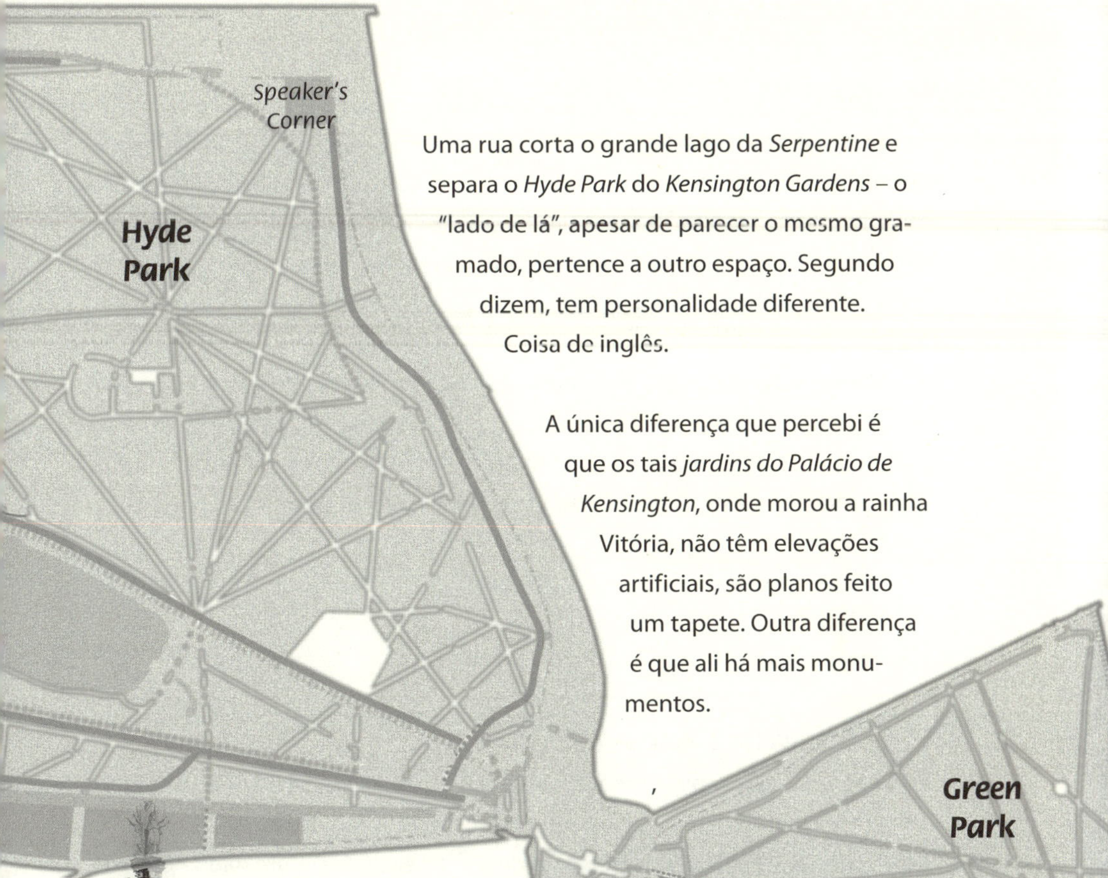

Uma rua corta o grande lago da *Serpentine* e separa o *Hyde Park* do *Kensington Gardens* – o "lado de lá", apesar de parecer o mesmo gramado, pertence a outro espaço. Segundo dizem, tem personalidade diferente. Coisa de inglês.

A única diferença que percebi é que os tais *jardins do Palácio de Kensington*, onde morou a rainha Vitória, não têm elevações artificiais, são planos feito um tapete. Outra diferença é que ali há mais monumentos.

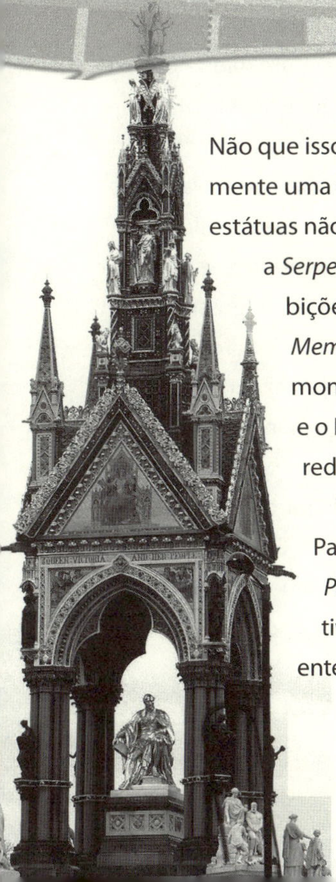

Não que isso seja exatamente uma vantagem. Suas estátuas não têm nada de mais, a *Serpentine Gallery* tem exibições irregulares, o *Albert Memorial* é provavelmente o monumento mais feio do mundo e o Lago redondo... bom, é um lago redondo. Mesmo assim, o parque é muito bonito.

Para ligar os 2,5 km² do complexo Hyde/Kensington ao *Palácio de Buckingham*, residência oficial da monarquia, tiveram a idéia de recuperar o pântano que era usado para enterrar leprosos.

Albert Memorial: kitsch até o alicerce. Repare nas estatuetas.

Surgia o *Green Park*, que tem esse nome por originalmente não ter flores, estátuas, lago, nada... só árvores. O parque não é grande, mas é muito importante para manter um corredor de espaços abertos em uma cidade onde o tempo está quase sempre fechado. No verão, você pode alugar uma espreguiçadeira para tomar um solzinho enquanto lê o *The Times*.

Além desses parques (e do St. James's, que não coube aqui e ficou para o tópico seguinte), vale destacar *Hampstead Heath*. É enorme e meio selvagem, com 25 lagos, piscinas e uma vista espetacular da cidade. À noite, valem as mesmas recomendações do Bois de Boulogne, se é que você me entende.

PRÓXIMOS PASSOS: Reserve um dia bonito em Londres para esquecer que se está em uma metrópole. Comece na rua das embaixadas, em *Notting Hill*, entre em Kensington Gardens, passe na frente de um salão chamado de *Orangerie* e repare nas fícus podadas em formato de cone. Sente-se em um daqueles banquinhos para tomar sol ou siga até o *Lago Redondo*. Se não estiver ventando, preste atenção na serenidade dos cisnes e sua paciência com as crianças. Atravesse o gramado por umas árvores estranhas até o *Albert Memorial*. Na frente dele, do outro lado da rua, está uma das melhores casas de espetáculos de música erudita da cidade, a *Royal Albert Hall*. Seguindo por dentro, se você tiver um pãozinho, divida-o com os esquilos, evitando as pombas, se possível: muita gente acredita que assim se facilita a vida dos ratos, seus predadores. Ande um pouco mais até a galeria *Serpentine* e veja o que está em cartaz. Atravesse a rua na faixa e não precisará esperar o sinal: em alguns lugares marcados os carros PARAM para você passar. Desça até o lago e passeie às suas margens. Dali, mais um bosque e um arco de mármore marcam o fim do parque. Esqueça os malucos do *Speaker's Corner* e siga direto para o Green Park. Cruze os bosques sombreados resistindo bravamente a tirar um cochilo em uma espreguiçadeira e... você chegou ao tópico seguinte.

O Hyde Park *é pacífico e tranquilo, principalmente em dias de nevoeiro.*

DESAFIO: Paris também é construída à beira de um rio, o Sena, e diretamente ligada a ele, a ponto de praticamente todos os prédios importantes estarem às suas margens. Mas por ser menos plana e estar mais longe do mar, sofreu muito menos com áreas alagadas. A exceção é um bairro que, apesar de sua intensa atividade cultural nos dias de hoje, era referido antigamente como "Pântano". Que bairro é esse e que construção importante está próxima dele?

RESPOSTA: *O Marais, antigo bairro judeu, alagava várias vezes por ficar perto do rio, daí o nome (pântano, em francês). Hoje, ele é muito chique e chega a ser mais descolado que os lugares do tópico 5. Sua atividade cultural rivaliza com a região de St. Germain-des-Prés, que nunca foi pântano, onde fica a igreja de St. Sulpice (tópico 2).*

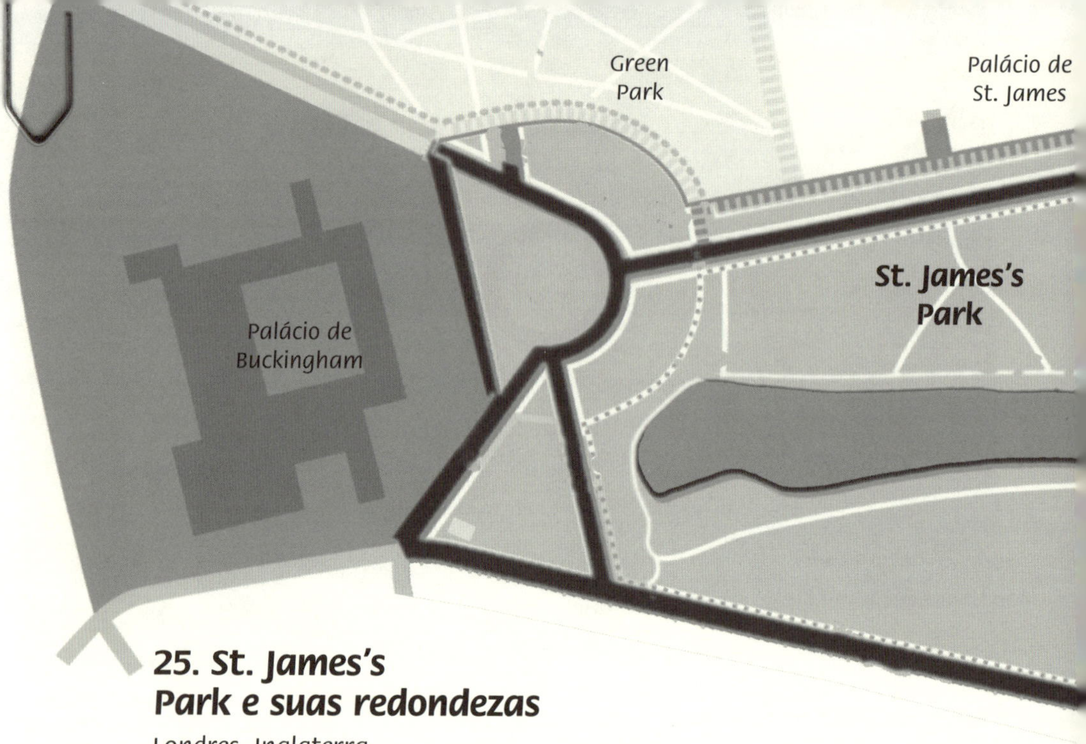

25. St. James's Park e suas redondezas

Londres, Inglaterra

Uma limusine estaciona na *House Guards Parade* e importantes decisões para o destino dos personagens do *Código Da Vinci* são feitas, tendo como testemunhas as gaivotas vindas do oceano. Oceano? Pois é. Apesar de estar em uma ilha e, pelo Tâmisa, poder chegar rapidamente ao mar (o rio é influenciado pelas marés), Londres é, nesse aspecto, como Nova York – lembra qualquer coisa, menos o litoral. As praias deles são seus parques e o St. James's, grudado no Palácio de Buckingham, quase faz a faixa verde do tópico anterior chegar ao rio.

A House Guards Parade fica no lado leste do parque. Tem esse nome porque é ali que acontece parte da tradicional cerimônia de troca da guarda, uma parada militar entediante. As tropas chegam montadas em seus cavalos, alinham os bichos direitinho, tocam uma corneta, levantam bandeiras... aquela coisa toda. Se você ficar dormindo no hotel terá gasto melhor seu tempo. Nas outras horas do dia, o lugar é um cimentado em que nada acontece. Tanto que, durante muito tempo, foi estacionamento. Eis um bom lugar para não ver nem ser visto – perfeitamente coerente com a intenção dos personagens.

Melhor negócio é dar as costas ao cimento e olhar para o outro lado.

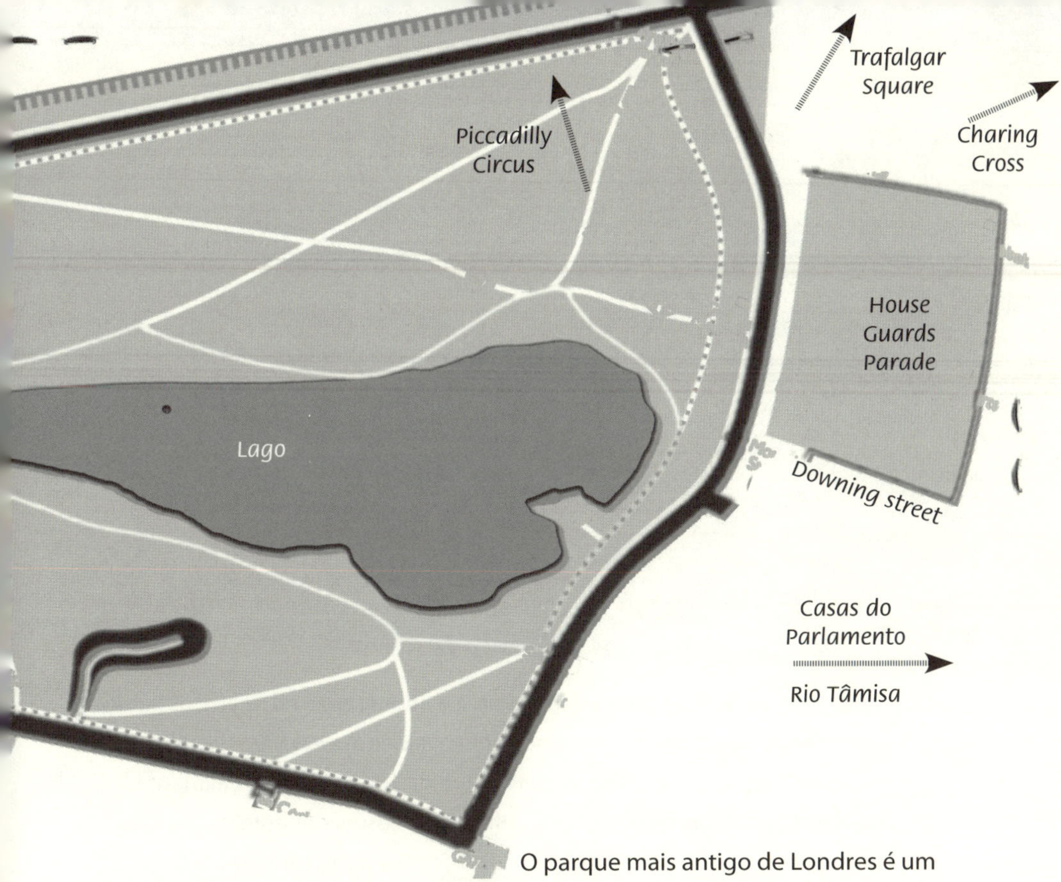

O parque mais antigo de Londres é um espetáculo: um jardim milimetricamente cuidado, e um gramado perfeito que parece ter sido aparado com pinça.

Difícil de acreditar que ele também foi pântano e que seu nome vem de um leprosário que depois virou um dos palácios que o cerca. É certo que St. James's passou por vários projetos de paisagismo de arquitetos importantes (entre eles o que fez os jardins de Versalhes e o responsável pelo planejamento do Regent's Park), mas como era o *playground* da Coroa, sempre foi sujeito a seus caprichos. Dizem que chegou a hospedar um elefante que bebia vinho.

Hoje é o santuário perfeito para se escapar da agitação das redondezas – é difícil acreditar que a menos de um quilômetro dele ficam a *Trafalgar Square*, com seus museus, igrejas, turistas e pombos; a estação de trem de *Charing Cross*, palco dos atentados terroristas do ano passado; a roda gigante *London Eye*, com suas filas quilométricas; e a agitada região de *Picadilly Circus*, com seus luminosos de gosto duvidoso.

Um bom programa é andar sem rumo entre os jardins de tulipas, como faziam Oscar Wilde e outros cavalheiros elegantes – os dândis – do século XIX. De cima das pontes ou na beira da água você pode alimentar os patos ou até um cisne negro que vive ali. Se o dia estiver quente, talvez veja os pelicanos mencionados no *Código Da Vinci*. Só não aposte nas "centenas" de gaivotas. Elas só serão avistadas se estiverem estampadas na gravata de algum executivo ou façam parte da vestimenta típica de um diplomata. Estes últimos, aliás, dão um colorido especial ao parque. Afinal ele está pertinho da residência oficial do primeiro ministro, *10 Downing Street*.

Os principais centros de poder da Inglaterra estão em torno deste parque. Além da casa de Tony Blair e do *Palácio de Buckingham*, o *Castelo de Westminster*, que abriga as casas do Parlamento, não está distante.

Outra residência oficial que fica em frente a este parque é o *Palácio de St. James*, que já foi residência oficial da Coroa e hoje hospeda o Príncipe Charles. Por causa dos atentados terroristas, não se pode mais entrar ali, exceto nas missas de domingo da capela real. De longe, a construção parece um brinquedo, com sua fachada vermelha e um guarda de chapéu comprido que lembra um soldadinho de chumbo.

PALÁCIO DE BUCKINGHAM

A antiga casa de campo do Duque de Buckingham, hoje sede da coroa inglesa, não é propriedade da família real. Ela pertence ao governo, que, de vez em quando, abre seus salões para visita pública. Se estiver na cidade nesse período, não perca: além do charme de entrar na sede de uma das últimas monarquias do mundo, o palácio vale como museu, pois tem pinturas de Rembrandt, Van Dyck, Rubens, Vermeer e muitos outros, sem contar a decoração luxuosa.

PRÓXIMOS PASSOS: Depois de tanto verde, obras de arte. Seguindo em direção à House Guards Parade, atravesse uma passagem e você estará na confusão de *Trafalgar Square*. Atravesse a praça e você estará de frente para a *National Gallery*. É um dos principais museus de arte de Londres, com um acervo de pinturas que vai desde 1250 até os anos 1900. Lá estão três belos quadros de Leonardo da Vinci, incluindo outra versão para a *Madona das Rochas* e obras-primas de Botticelli, Rafael, Velázquez, Cézanne, Monet, Renoir, Seurat, Van Gogh etc. Valem as mesmas recomendações dadas para o Museu do Louvre (tópico 1). Se estiver atrás de alguma obra em especial, use o mapa só para chegar até ela e depois guarde-o. Você pode até perder um Gauguin, mas terá a oportunidade de se apaixonar por alguma obra que você viu sem querer, se apaixonou e não consegue pronunciar o nome de seu autor.

DESAFIO: Não se pode esquecer que Londres também é uma capital religiosa, e que o monarca comanda também a Igreja Anglicana. Em que outro palácio há um centro administrativo que também é religioso?

RESPOSTA: *O Palácio do Vaticano (tópico 6), centro administrativo e religioso da cidade-Estado. Na capital britânica, o Palácio de Kensington (tópico 24), apesar de ser residência favorita de muitos monarcas do século XVIII, nunca foi trono oficial. Ela ficava em St. James.*

26. A *Abadia de Westminster*

Londres, Inglaterra

Pelo que eu entendi, há poucas diferenças entre uma abadia e uma catedral. Pelo menos do ponto de vista de um turista comum. Catedrais têm bispos, e seus tronos chamam cátedras (o mesmo nome que se dá ao título de professores universitários, os tais *catedráticos*). As abadias, por sua vez, são como mosteiros sob o governo de abades que servem como guias espirituais de uma comunidade. Não ficou claro para mim se todos os mosteiros têm abades. Se não os têm, qual é o título de seus líderes? Priorados e prelazias são o quê? Se uma catedral é a principal igreja de uma diocese – e se igreja é qualquer construção dedicada para o exercício público da adoração católica – então qualquer catedral é uma igreja. E capelas? Se elas podem fazer parte da nave de uma igreja maior ou até ser pequenas construções, o que diferenciaria essas casinhas de igrejas? Capelas precisam ter naves? Por que certas catedrais são razoavelmente pequenas, enquanto há igrejas gigantescas? Eis os mistérios da fé.

Para não correr o risco de uma inquisição fora de época, vou deixar todas essas questões de lado e analisar a Abadia de Westminster como se fosse uma catedral, sem nenhuma ofensa.

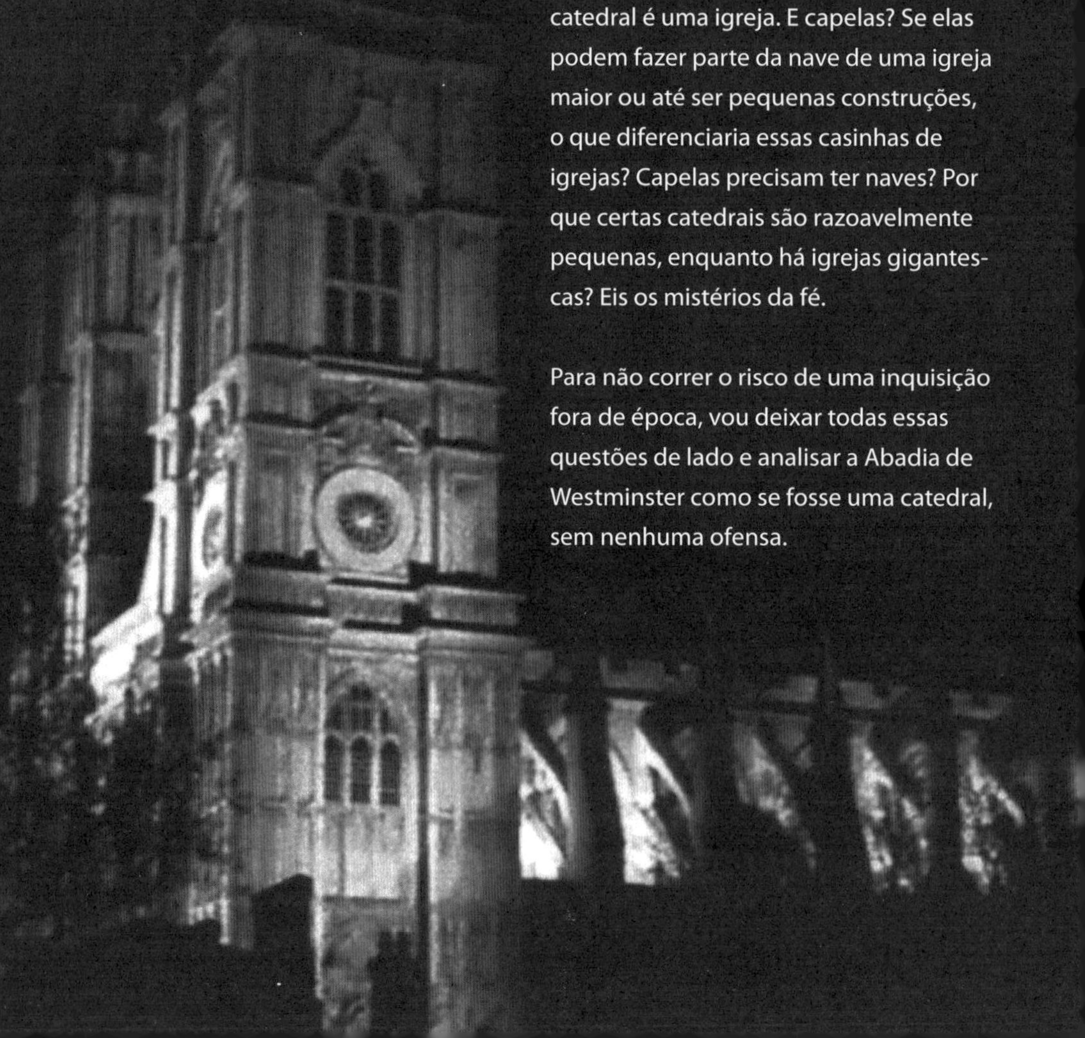

Segundo o dicionário *Cambridge*, o termo *city* é aplicado a qualquer cidade do Reino Unido que tenha uma catedral, pouco importa seu tamanho. Nesses termos, poucos têm consciência que Londres, na verdade, é composta de duas *cities* – a *City of London*, cuja catedral é St. Paul's e a "outra" *city*, que fica a oeste. A catedral que se responsabiliza por seu Ministério Católico tem o nome de *"west minster"*.

A confusão com o nome "abadia" deve-se, em parte, porque o mosteiro beneditino original, construído em homenagem a São Pedro, foi completamente refeito ao longo dos séculos. Em suas várias reformas, assumiu o estilo gótico, com arcobotantes, rosáceas e tudo a que se tem direito, ganhou várias capelas e novas estruturas. Cada novo rei fazia questão de deixar sua marca na tradicional construção. Uns se contentavam com a lápide, mas outros eram mais ambiciosos e, de puxadinho em puxadinho, aos poucos, a Abadia se tornou a maior nave do gênero na Inglaterra. Acabou levando quase três séculos para ficar pronta, mas quem se importa com isso?

Sua conexão com a Coroa a salvou da destruição quando Henrique VIII fundou a Igreja Anglicana, mas isso não impediu que sofresse com múltiplas perseguições religiosas. Para salvá-la, Elizabeth I a transformou no século XVI em *royal peculiar*, igreja sob responsabilidade do rei e somente subordinada a ele, independente de dioceses.

Desde 1066, todos os monarcas ingleses vêm sendo coroados na Abadia de Westminster. Muitos também são sepultados na igreja, a ponto de se tornar uma honra ser enterrado ou memorializado nela.

Entre os ilustres enterrados neste solo sagrado estão cientistas como Charles Darwin, David Livingstone, Isaac Newton; literatos como Robert Browning, Geoffrey Chaucer, Charles Dickens, Rudyard Kipling; o compositor Händel; o ator Laurence Olivier... Há homenagens a William Shakespeare, Winston Churchill, Oscar Wilde, Martin Luther King... Estima-se que mais de três mil pessoas ganharam tal homenagem póstuma, entre eles, monarcas, nobres, artistas, literatos e burgueses ricos. Existe até uma tumba para o guerreiro desconhecido (homenagem aos soldados mortos, como no Arco do Triunfo de Paris).

A abadia é grande e há muito para se ver – a estrutura e os vitrais, o trono de coroação, o museu, a biblioteca, as clausuras... A sensação lá dentro é de um passeio por um livro de história viva. Melhor: de uma daquelas tragédias reais de Shakespeare, como *Henrique V*, com guerras, traições, golpes, enforcamentos e genealogias que confundem qualquer um. As efígies de cera no museu são especialmente apavorantes e, para aumentar o clima assustador, a quantidade de pessoas que foi enterrada ali faz com que se esteja constantemente andando sobre túmulos.

Por mais que o preço da entrada seja salgado, é recomendável gastar mais um pouco e encarar os 90 minutos de uma visita guiada. Ela não só é fascinante como também a única forma de entender a igreja inteira. Caso contrário, tudo o que você verá será a estrutura gótica, e acredito que a essa altura você já esteja "catedralizado" demais para se impressionar com ela.

Outro dia ouvi uma estratégia interessante para escapar da taxa de entrada: veja em *http://www.westminster-abbey.org/* quando são oferecidos os serviços religiosos (missas, etc.) ou apresentações musicais. Vista-se adequadamente – o mais elegante e sóbrio possível – e dirija-se para a porta principal, dizendo claramente o que pretende ver e onde. Pouco importa sua nacionalidade ou sotaque, provavelmente o deixarão entrar, enquanto os turistas à sua volta tentarão descobrir seu segredo.

PRÓXIMOS PASSOS: Se você quiser seguir o caminho do filme *Código Da Vinci*, saiba que a Abadia de Westminster não permitiu o uso de suas dependências como cenário, por isso os produtores optaram pela *Catedral de Lincoln*, na cidade de mesmo nome, a 230 quilômetros de Londres. A filmagem aconteceu nas clausuras, sem acesso do público.

Em Londres, uma opção depois desse banho de história na Abadia é atravessar a ponte de Westminster e encarar a fila para subir na roda-gigante *London Eye*. O passeio – em pé dentro de cápsulas com capacidade para umas 20 pessoas – é bem diferente dos cartões-postais clássicos. Vale a pena levar um mapa ou, melhor, comprar o guia vendido ali ANTES de subir, pois é muito fácil perder a noção do que se vê.

British Airways London Eye. http://www.londoneye.com

O mapa/guia da London Eye vale o investimento. Ele mostra fotos do que se vê e legendas indicam os prédios principais.

DESAFIO: Segundo o *Código Da Vinci*, a "Linha Rosa" dá o nome a uma cidade e uma construção que teriam como principal objetivo a descoberta de verdades universais. Que lugar é esse, e em que cidade fica?

RESPOSTA: *Existe uma confusão no Código Da Vinci sobre qual seria a Linha Rosa: o meridiano de Paris ou o que passa pela cidade de Roslin (tópico 28, próxima a Edimburgo, na Escócia). De qualquer forma, a cidade escocesa tem uma capela construída pelos Cavaleiros Templários ricamente decorada com símbolos esotéricos, que não tem nada a ver com o meridiano definido por François Arago em seu observatório (tópico 9).*

27. Chapter house

Londres, Inglaterra

Parte das pistas descobertas pelos personagens do *Código Da Vinci* na Abadia de Westminster os leva para uma tal *Chapter House*. Ela é uma área administrativa, comum em catedrais. Costuma funcionar como sala de reuniões para os clérigos e monges tocarem assuntos da igreja. São normalmente redondas e conectadas ao prédio principal.

Tecnicamente, Westminster não deveria ter uma sala dessas, pois não é uma catedral regular, e sim a igreja subordinada ao rei (ver tópico anterior), portanto sem diocese para administrá-la. Porém, exatamente por ser uma igreja real, era importante que tivesse uma sala para encontros privativos da corte. A intrigante construção octogonal é uma das partes mais antigas da Abadia.

Não há muito para se falar daqui, pois a Chapter House não é nada além de uma sala vazia, nem a decoração gótica chama a atenção. Minha sugestão é esticar até o palácio vizinho e sua torre cartão-postal da cidade: o *Palácio de Westminster*. Esse nome não lembra nada para você? Talvez o termo "casas do Parlamento" seja mais familiar.

Lembrou da torre? Não? Ela se chama "Torre do Relógio" (Clock Tower), um dos lugares mais fotografados da cidade. Melhorou? *Big Ben*, quem sabe? Ah, agooora sim.

Na verdade, quase ninguém vê o Big Ben e menos ainda tiram fotos dele. Explico: as torres mais famosas do Palácio de Westminster são a *Victoria Tower,* com quase 100 metros de altura, que tem um estandarte de metal com a bandeira do Reino Unido; e a *Clock Tower*, um pouco mais baixa, com um relógio em cada uma de suas faces. Esse relógio não é o *Big Ben* – ele tem um nome comum, *Great Clock of Westminster* e cinco sinos que tocam um som característico a cada 15 minutos. O maior deles, o *Great Bell of Westminster,* toca a toda hora – esse sim é o *Big Ben*.

Big Ben
Out./99
UNDERGROUN

Há várias histórias para a origem desse nome tão diferente. A versão mais aceita diz que ele vem de Sir Benjamin Hall, político que fez um looooongo discurso sobre a importância do nome do sino, até ser interrompido por alguém que disse: "Por que não o chamamos logo de Big Ben e encerramos o assunto?".

Muita gente se decepciona com o seu tamanho, bem menor que o imaginado. Para mim a culpa é dos cartões-postais e fotógrafos, que não respeitam escala. Para se tirar uma foto de alguém na frente da Torre Eiffel, com seus 324 metros de altura, tanto o modelo quanto o fotógrafo precisam tomar uma distância muito maior que a necessária para se fotografar a torre do Big Ben. No resultado final, os dois parecem ser do mesmo tamanho.

É por isso que, vindo de Paris, o turista espera um relojão e acaba por descobrir que tamanho não é documento.

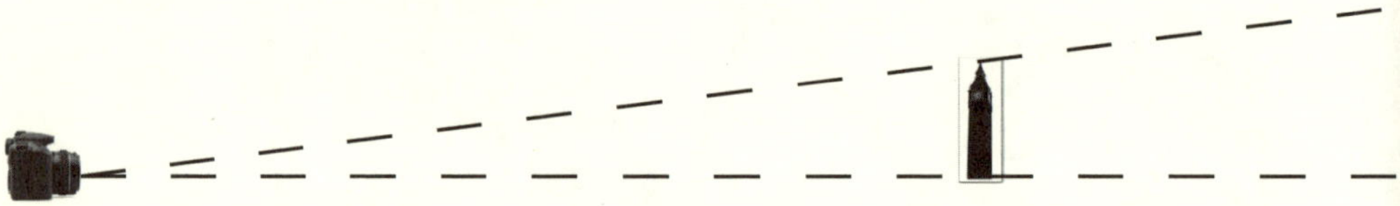

Mas o Palácio de Westminster não é só o Big Ben. Ainda *Ben* (ai!). Ele *tambén* (quer parar?!?) hospeda, desde o século XIII, as duas casas do Parlamento mais antigo do mundo – a Câmara dos Lordes e a dos Comuns. A construção data de 1097 e parece uma caixinha de música – na verdade, muitas caixinhas de música foram feitas à sua semelhança.

Pode-se entrar na fila para conseguir uma permissão de visita de um dia aos debates nas galerias públicas do Parlamento. A capacidade é restrita e não há garantia de entrada. Mesmo assim, só uma pequena parte do palácio pode ser vista e algumas sessões podem não ser abertas ao público. É um dos programas mais chaaatos de Londres, concorrência brava com a troca da guarda. A não ser que você seja um político, acredito que dormirá em aproximadamente 5 minutos.

PRÓXIMOS PASSOS: Pegue um barco da *City Cruises*, equivalente inglês dos Bâteaux parisienses. O Tâmisa não tem o charme do Sena, mas esses barcos têm uma vantagem: da mesma forma que os ônibus turísticos, você pode subir ou descer em qualquer um dos quatro *decks* (*Westminster, Waterloo, Tower* ou, se quiser, ir até a cidade vizinha de *Greenwich* para ver o observatório e meridiano). Ou simplesmente não descer em lugar nenhum e fazer uma viagem relaxante de 2 horas e meia pelo rio, enquanto a cidade se agita pelas margens.

Os dois monumentos, colocados na proporção correta. Nessa escala, uma pessoa teria menos de 2 mm de altura, mais ou menos a espessura da linha pontilhada.

DESAFIO: As constantes obras de expansão (e atualmente, de restauração) das dependências da Abadia de Westminster constantemente levam à descoberta de tesouros históricos dados por perdidos, como, por exemplo, a porta da Chapter House, aproximadamente do ano de 1250 (a mais antiga da Grã-Bretanha). Que outro material de fundamental importância religiosa foi encontrado quase que por acaso e ainda desafia a compreensão de seus pesquisadores?

RESPOSTA: *Os manuscritos do Mar Morto (tópico 20), descobertos em meados do século passado e ainda não completamente decifrados. Apesar de parte dos cadernos de Leonardo da Vinci (tópico 21) ter sido descoberta perdida em uma biblioteca, seu conteúdo foi facilmente compreendido – não estava em código e não tem contexto religioso.*

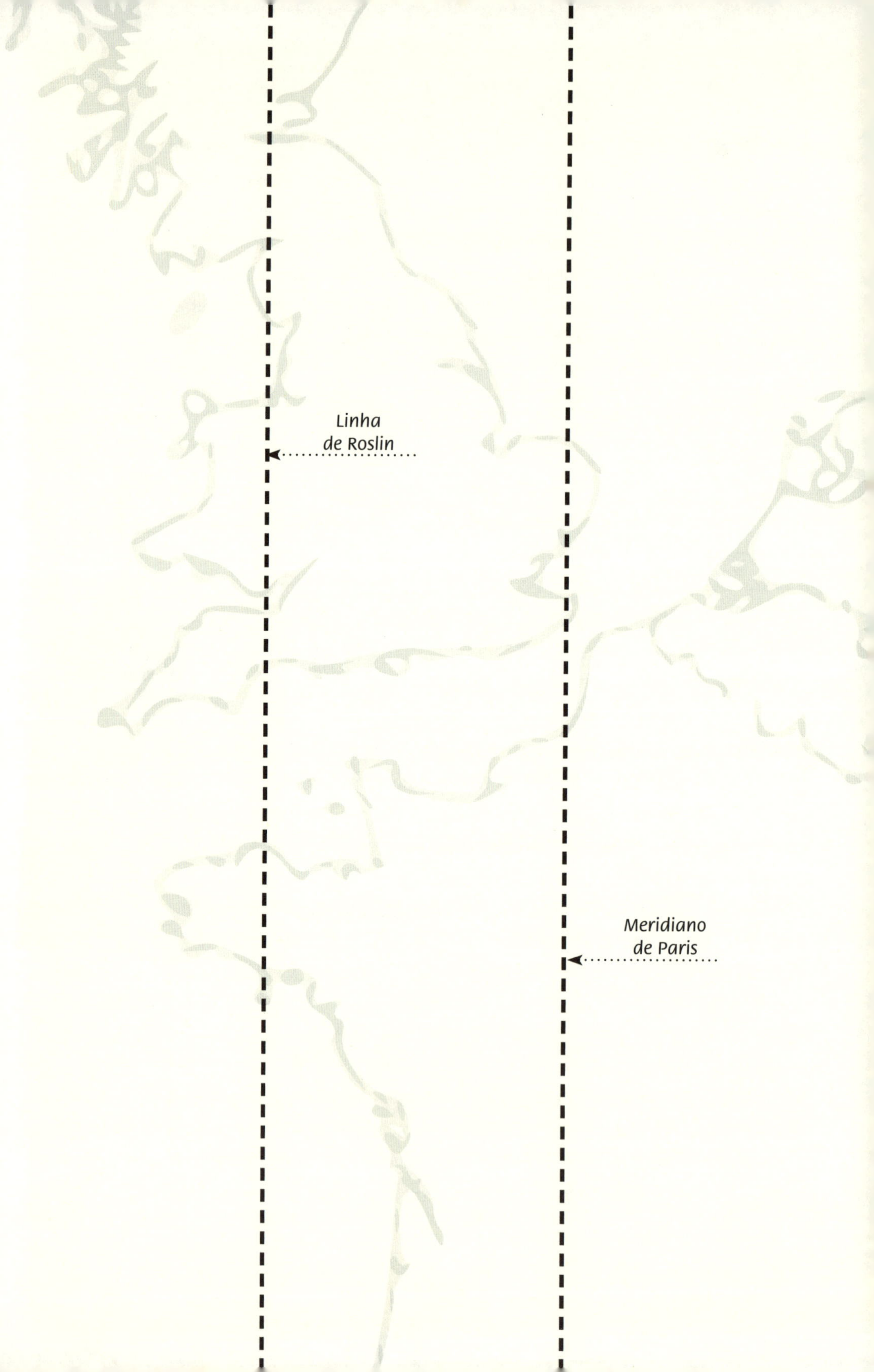
Linha
de Roslin
Meridiano
de Paris

28. *Capela Rosslyn*

Roslin, Escócia

Para facilitar a sua vida e evitar constrangimentos: escocês não é inglês; o sotaque deles é ainda mais difícil de entender (Edimburgh, por exemplo, se pronuncia "*Edimbrá*"); o clima no norte da ilha é ainda mais frio e chuvoso; aquela saia se chama *kilt* e é uma roupa a rigor usada em casamentos e cerimônias tradicionais; e a lã tem um padrão de xadrez e cor – o *tartan* – para cada família (ou clã). O mais importante: uísque não é tudo a mesma coisa e *Jack Daniel's*, definitivamente, não é uísque. Aliás, conforme o lugar, só são levados a sério os feitos de puro malte, com nomes fáceis de soletrar como *Glenglasshaugh* ou *Bruichladdich*, ou ainda *Craigellachie* (esses nomes existem de verdade – alguém consegue pronunciá-los depois da terceira dose?).

Segundo os personagens do *Código Da Vinci*, as coordenadas geográficas da Capela Rosslyn coincidiam com outra Linha Rosa, um marco importante para o rei Artur. Essa linha não tem nada a ver com o Meridiano de Paris marcado no chão da Igreja de St. Sulpice. Aliás, ela passa longe de Paris. Se faz sentido na história, confunde um pouco quem pretende seguir o caminho.

A Capela Rosslyn fica na cidade de Roslin. Fácil confundir.

Há controvérsias sobre a origem do nome da cidade, que pode não estar ligado a rosa alguma. Segundo a *Biblioteca Escocesa*, ele poderia vir do ancestral idioma gaélico e estar relacionado a penhascos (*ross*) e lagos (*lyn*), formações geográficas abundantes na região.

A capela construída na cidadela de *Roslin*, próxima a Edimburgo, é um lugar misterioso. A começar por seu formato: a estrutura deixa claro que a intenção de uma obra muito maior, provavelmente do tamanho de uma catedral. O que se vê hoje deveria ser provavelmente só uma parte da estrutura pretendida, o resto ficou inacabado.

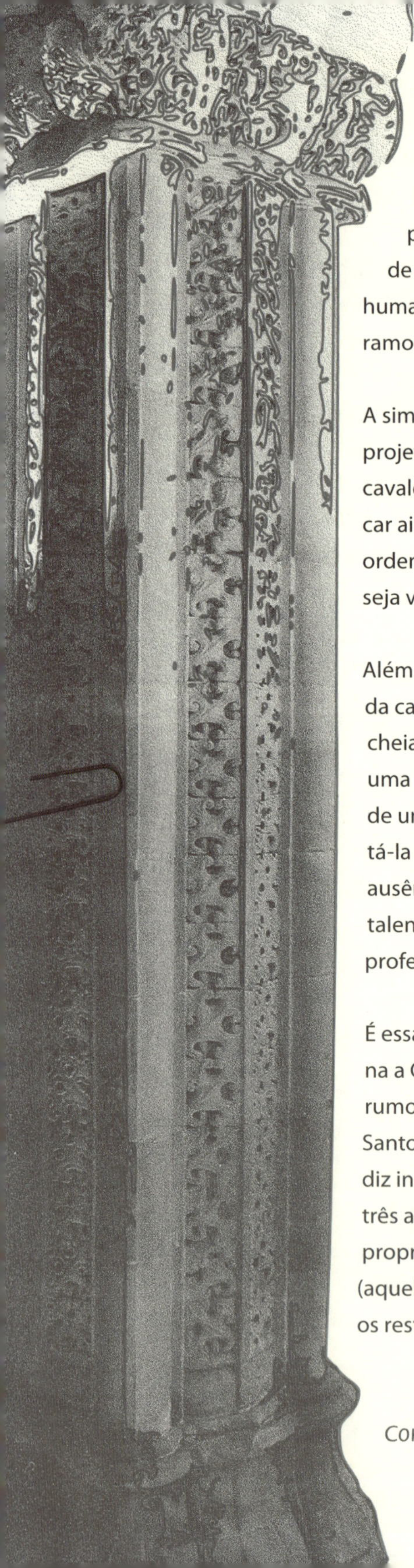

O ar místico e misterioso do lugar é incontestável. Seu interior é todo esculpido com cenas da Bíblia pelas paredes. Os pilares e arcos são cobertos com centenas de detalhes exóticos de folhas, frutos, animais e figuras humanas. O teto em arco tem estrelas, flores, pombas com ramos de oliveira, conchas, anjos...

A simbologia se torna mais forte se considerarmos que seu projeto é de William Sinclair, nobre escocês descendente de cavaleiros normandos ligados aos Templários. Para complicar ainda mais, ele pertencia à Maçonaria. A influência da ordem é considerável, o que faz com que a Capela Rosslyn seja visitada por maçons vindos do mundo todo.

Além de todos esses detalhes, duas colunas fazem a fama da capela: a coluna do Mestre e a do Aprendiz – esta última cheia de nós, tranças, dragões e plantas, com detalhes de uma habilidade impressionante. Os guias contam a história de um mestre maçom que não teria conseguido completá-la e foi a Roma receber maiores orientações. Na sua ausência, o pilar teria sido terminado por seu aprendiz. Seu talento lhe custou caro: em um acesso de fúria e inveja, o professor teria assassinado seu brilhante aluno.

É essa fantástica combinação de história e lenda que torna a Capela Rosslyn ambiente de um conto fantástico. Há rumores de que ela seria um dos possíveis esconderijos do Santo Graal e que algumas inscrições da Coluna do Aprendiz indicariam o caminho. Correm histórias relatando que três arcas medievais estariam enterradas em algum lugar da propriedade; e que uma delas poderia ser a Arca da Aliança (aquela que, no filme *Caçadores da Arca Perdida*, guardaria os restos dos Dez Mandamentos).

Como sempre, o aprendiz supera o mestre.

O fato é que nunca se achou nada. Para diminuir a especulação e afastar caçadores de tesouros que poderiam colocar em risco o patrimônio histórico e cultural, a ONG que cuida do patrimônio autorizou uma pesquisa não-invasiva pelo governo, que provavelmente usará algo como ressonância magnética para descobrir possíveis fendas. A especulação é grande.

Por todos esses motivos, a Capela Rosslyn sempre foi atração turística. Muitos, incluindo a Família Real, vêm à Escócia só para vê-la. Depois do *Código Da Vinci*, o número de visitantes aumentou drasticamente, tornando-a uma das atrações turísticas mais populares do país. Apesar de gerar renda e interesse, isso coloca em risco a segurança de seu patrimônio histórico. Como em todos os lugares, o turismo é ao mesmo tempo salvação e desgraça.

PRÓXIMOS PASSOS: Para continuar o clima de mistério, vale visitar o *Castelo de Roslin*, construído no começo do século XIV. Acredita-se que seja defendido por um cão fantasma, morto em uma batalha de 1303, que teria voltado para defender as terras de seus mestres. Esta lenda pode ter inspirado a história *O Cão dos Baskervilles*, de Sherlock Holmes. Seu autor, Conan Doyle, era escocês de Edimburgo.

DESAFIO: Em que outra cidade deste livro há uma construção com formas geométricas cuja simbologia causa debates?

RESPOSTA: Se você pensou na Temple Church (tópico 22), com sua forma circular bem no centro de Londres, sinto decepcioná-lo – seu formato é inspirado na Igreja do Santo Sepulcro de Jerusalém e universalmente aceita. Já as Pirâmides do Louvre (tópico 4), em Paris, geram opiniões de todos os tipos.

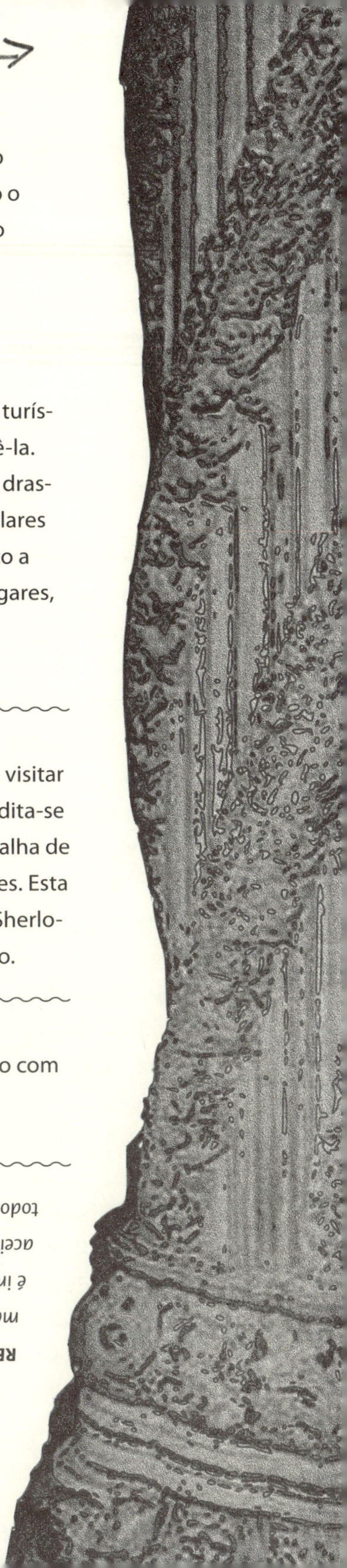

29. Rennes-Le-Château

Sudoeste da França

Esse tópico traz uma história de gente mesquinha. E aproveita para esclarecer algumas dúvidas. Para começar, *Rennes-Le-Château* não é a cidade de *Rennes*, na Normandia. Apesar de não ser citada no *Código Da Vinci*, é crucial para a formação moderna do *Priorado de Sião*, que alega defender segredos encontrados lá. Ao procurar saber mais sobre a cidade e seus personagens, não gostei do que encontrei. Mas não vamos adiantar os fatos.

Em um livro chamado *O tesouro maldito*, seu autor, Gérard de Sède, conta a história de um objeto precioso que teria sido encontrado por um padre de Rennes-Le-Château. O padre era Bérenger Saunière, designado para a igreja de Maria Madalena. Como o templo precisava de restauração urgente, ele coletou doações na comunidade e se pôs a fazer a reforma. Ao levantar uma pedra que servia de altar, no entanto, teria se deparado com um pilar oco. Em seu interior, pergaminhos afirmavam: *"Ao rei Dagoberto II e ao Sião pertencem esses tesouros, e ele está enterrado aqui"*.

Enquanto isso, o trabalho na igreja continuava e outra pedra, à qual apenas Saunière teve acesso, foi encontrada. Desse momento em diante, o padre passou a fazer muitas explorações secretas nos arredores, comprou terras vizinhas e encheu a igreja de estátuas estranhas com inscrições misteriosas, incluindo uma na entrada dizendo "*Terribilis est locus iste*" ("Este lugar é terrível").

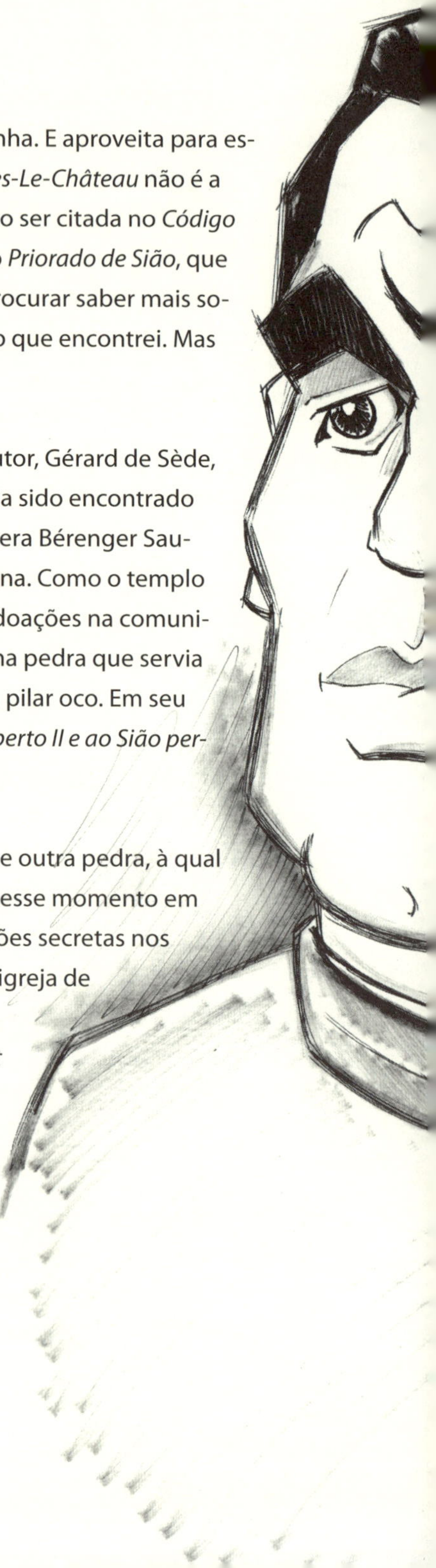

De uma hora para a outra, a verba não era mais problema. Mas de onde teria vindo o dinheiro de Saunière? A lenda diz que ele teria achado um tesouro muito mais rico que qualquer bem material: documentos

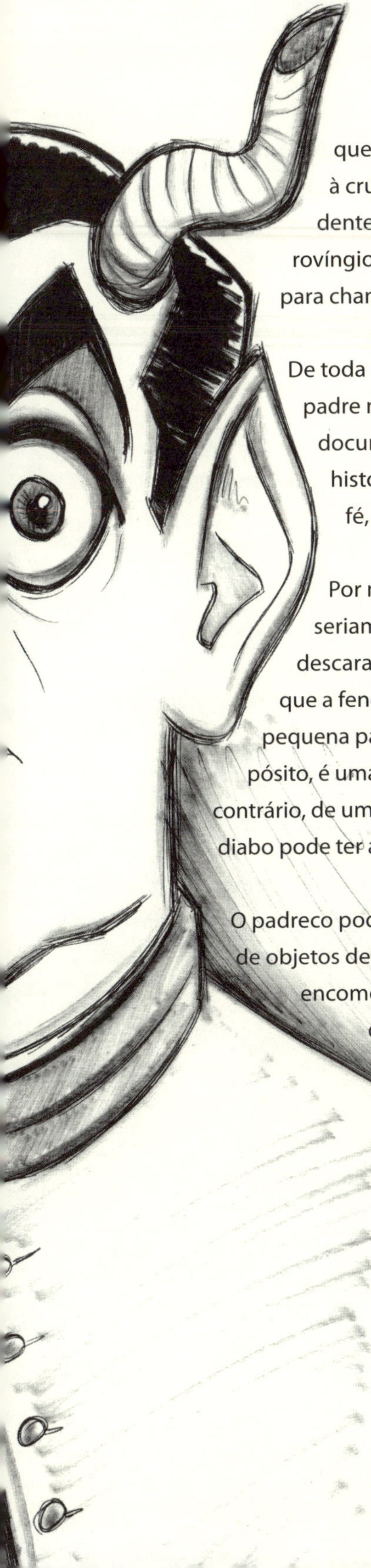

que confirmariam que Jesus Cristo tinha sobrevivido à cruz, casado com Maria Madalena e feito descendentes, em uma linhagem que passava pelos reis merovíngios. Descoberta bombástica, que ele teria usado para chantagear a Igreja Católica.

De toda essa história, uma conclusão é incontestável: o padre não tinha caráter algum, senão teria confiado os documentos a seus superiores no Vaticano ou, se a história contida ali o perturbasse ou desafiasse sua fé, voltaria a escondê-los ou até tentaria destruí-los.

Por mais condenáveis que fossem essas atitudes, seriam mais fáceis de explicar que uma chantagem descarada. Um exame cuidadoso, no entanto, revela que a fenda no pilar (ainda preservado na cidade) é muito pequena para caber qualquer coisa. "Locus terribile", a propósito, é uma citação da Bíblia (Genesis 28:17) e tem o sentido contrário, de um lugar maravilhoso. Mesmo a escultura de um diabo pode ter a função de espantar ladrões ou maus espíritos.

O padreco pode ter enriquecido por vias mundanas: a venda de objetos de valor encontrados na restauração ou mesmo encomendas ilegais de missas, celebradas em benefício de quem as financiou, preces vendidas para pedir ajuda para alguém subir do purgatório para o céu, orações pedindo curas etc.

Antes do Concílio Vaticano II, os padres recebiam unzinho para cada missa professada. Muitos as anunciavam seus serviços na cara dura. Outros ainda chantageavam seus fiéis ou deixavam de celebrar a missa se não fossem pagos. Um espírito **NADA** cristão.

Assumindo que nem o padre nem a cidade são especiais, fica uma pergunta: quem teria inventado a história do tesouro maldito? Um pouco mais de pesquisa e descobre-se que não tem santo nessa história.

Ninguém inventaria um boato desse tamanho para buscar um novo martírio ou a glória fugaz de ser uma celebridade instantânea. Para criar uma encrenca com a Igreja Católica, o prêmio deveria valer muito a pena.

Para Pierre Plantard, grão-mestre do Priorado de Sião, esse prêmio era nada menos do que a França inteira. Ele alegava ser o último descendente dos merovíngios – e, pela história de Rennes-Le-Château, de Jesus. Em outras palavras, era um ser divino, demandava a volta da Monarquia e se proclamava como herdeiro do trono francês.

Seu esquema até que foi bastante engenhoso: ele pediu que um amigo forjasse pergaminhos que ligariam o Priorado de Sião aos reis merovíngios e a Rennes-Le-Château e os depositou anonimamente na Biblioteca Nacional de Paris. Sugeriu a alguns autores que ali encontrariam descobertas importantes e esperou que mordessem a isca.

Desmascarado nos anos 1980, Plantard morreu em 2000 e perdeu sua derradeira chance de popularidade. Teria se dado melhor se tivesse usado sua imaginação fértil para escrever um bom romance histórico.

Essa história não elimina algumas incoerências da Bíblia, mas garante uma coisa: se Jesus deixou uma linhagem, ela não passou por Rennes-Le-Château. Um personagem do *Código Da Vinci* citou Napoleão, em uma frase que encerra muito bem os eventos de Rennes-Le-Château e do Priorado de Sião: "Mas o que é a História, senão uma fábula sobre a qual todos concordam?".

Como a cidadela não tem a menor graça, recomendo cinco outros lugares desta região (*Languedoc-Roussillon*), que fica encravada entre o mar e os Montes Pirineus, na fronteira da França com a Espanha:

Para ter uma boa amostra da cultura catalã, vá para ***Perpignan***, capital da região. Lá mal se fala o francês e se pode comer uma genuína *paella* à beira-mar. A procissão de Sexta-feira da Paixão feita pela *Irmandade do Sangue Sagrado* é uma amostra bem diferente do que se está acostumado a ver como manifestação católica. Encapuzados de vermelho, os fiéis são fascinantes e assustadores.

Se preferir fortificações e castelos medievais, ***Corbières*** e ***Salses*** parecem cidades paralisadas no tempo. Herança do grupo de fiéis cátaros (uma das várias divisões antigas da religião católica), que viveu no local.

Carcassonne é outra bela cidade medieval restaurada. Alguns reclamam que ela foi restaurada demais e parece um parque temático, mas o fato é que ela é uma construção enorme e linda, que tem até um anfiteatro romano.

As cavernas do ***Parque Regional do Haut-Languedoc*** têm várias grutas com rios subterrâneos. As formações calcárias nas suas paredes fazem com que se pareça com uma catedral gótica gigantesca.

Uma mistura de tudo isso está na cidade de ***Nîmes***, com anfiteatro romano, arena para touradas, jardins do século XVIII e construções modernas, espalhadas por ruas estreitas com várias praças.

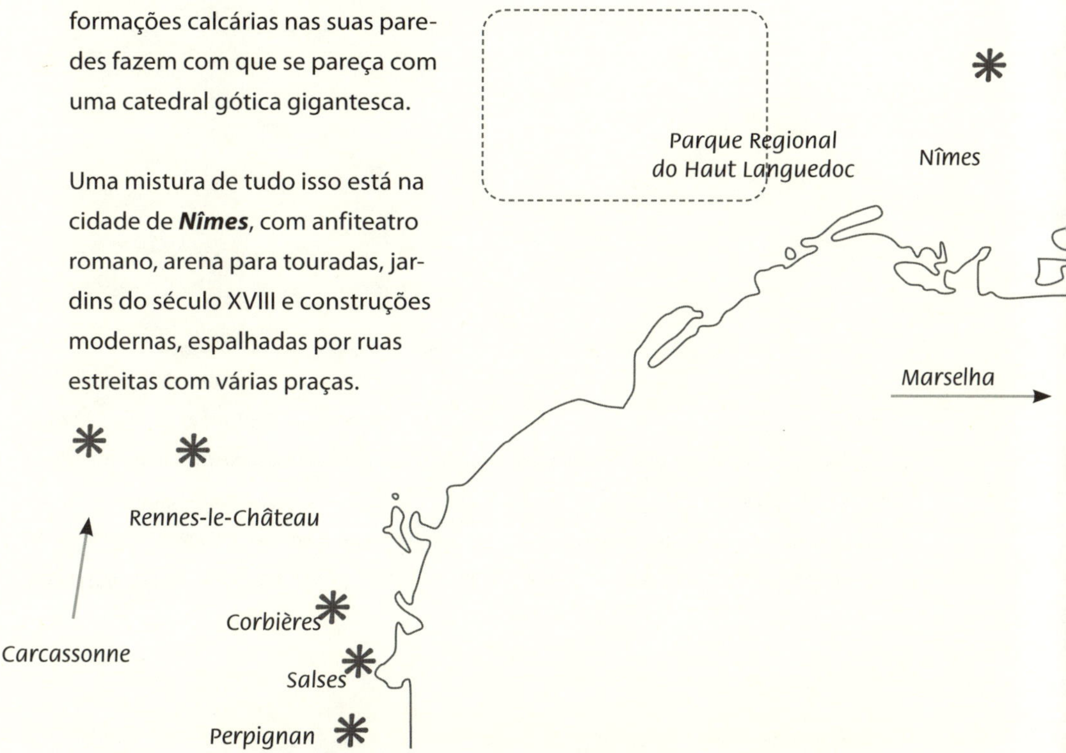

PRÓXIMOS PASSOS: Depois de tanta mesquinhez, vamos para um lugar menos picareta. Perto de Rennes-Le-Château fica a cidade de *Lourdes*. Além de mais bonita, possui histórias fascinantes de perseguições religiosas, visões divinas e peregrinações.

DESAFIO: O *Código Da Vinci* sugere que o Priorado de Sião e a igreja de Rennes-Le-Château cultuariam a divindade feminina. Pois no final do século passado uma figura feminina foi elevada à condição de celebridade e chegou a ser cultuada com idolatria típica de uma divindade. Seu fim trágico causou, além de muitos casos de depressão, uma onda de suicídios entre mulheres da mesma idade. Quem é essa mulher e onde aconteceu o incidente?

RESPOSTA: *Diana Spencer, a Lady Di, ex-Princesa de Gales. Seu acidente de automóvel em um túnel de Paris (tópico 3) chocou o mundo e deu origem a várias teorias de conspiração e assassinato. A Interpol (tópico 11) foi envolvida e chegou a uma combinação de três fatores tão mundanos quanto letais: excesso de velocidade do carro, bebida alcoólica na cabeça do motorista e falta de cinto de segurança nos passageiros.*

30. Florença com Leonardo

Norte da Itália

No final do *Código Da Vinci*, dois personagens combinam de se encontrar em Florença. Não conseguiria pensar em escolha mais adequada. Além de muito bonita e romântica, a cidade é o berço do Renascimento, uma época em que as crises da Igreja Católica levaram a uma reavaliação dos valores medievais e valorização da Antigüidade clássica. Essa mudança de consciência fez muito bem para a cidade e melhor ainda para seus artistas, já que o financiamento de arte, literatura e ciência era uma forma *chic* (tópico 5) de exibir riqueza. Foi nesse ambiente que Leonardo da Vinci começou sua carreira e passou boa parte da vida. Numa dessas passagens, aproveitou para pintar a *Mona Lisa*.

Leonardo da Vinci, Auto-retrato.

Ao andar pelas ruas da cidade, é fácil pensar em Leonardo. Acho que, se alguma de suas invenções o fizesse viajar no tempo, Florença seria um bom ponto de partida. Fui dormir pensando nisso e, embalado por uma boa garrafa de *Chianti*, tive um sonho pitoresco:

Estou no centro da Cidade Antiga quando aparece do nada uma nuvem de poeira. No meio dela está caído um senhor de seus sessenta anos. Vou até ele e o ajudo a se levantar. Ele parece estranhamente conhecido e me surpreende quando pergunta em um italiano esquisito: "Que dia é hoje?". Ao responder, ele insiste: "*Anno! Anno*!". Dou a data completa e me assusto quando ele, cheio de energia, ri furiosamente e berra *"Duemillacinque! Duemillacinque! Duemillacinque!"*.

Alguns instantes depois, ele diz que se chama Leonardo e dá a entender que teria vindo de outra época. Eu desconfio que ele é maluco mas, por uma mistura de curiosidade e responsabilidade, resolvo acompanhá-lo pelas ruas. Meu novo amigo parece se decepcionar um pouco com a cidade. O curioso é que seu desânimo se dá pelo mesmo motivo que faz qualquer um se apaixonar: ela quase não mudou (em especial se for comparada com outra conhecida dele, Milão). Em pleno século XXI, Florença continua com um corpinho de XVI. Boa parte do centro da cidade é preservada, o acesso é bloqueado para automóveis e muitas de suas construções surgiram antes que Leonardo fosse um brilho nos olhos do seu pai, sr. Piero da Vinci.

De volta ao sonho. Estamos na *Piazza di San Giovanni*, bem no centro da cidade, ao pé da torre da catedral-símbolo de Florença, *Santa Maria dei Fiori (1)*, mas que desde a época dele todo mundo conhece como *Duomo*.

O centro de Florença quase não mudou desde os tempos de Leonardo. Romântico, não?

Também pudera: o chapéu octogonal de tijolos vermelhos é um espetáculo. A flor (*fiore*) de seu nome é o lírio, marca registrada da cidade, que brota feito mato nos jardins da cidade. Ele me conta que tinha 20 anos quando viu essa cúpula subir, e entra na igreja comigo para constatar com alegria que os vitrais não precisaram de máquina do tempo para chegar ao século XXI. A catedral é obra de *Filippo Brunelleschi,* o mesmo arquiteto que fez as colunas da *piazza* São Pedro, no Vaticano. *"Um gênio de verdade, não um Botticelli... mas não viajei no tempo para falar mal dos outros"*, ele deixa escapar entredentes. Me pergunto se não deveria chamar o manicômio.

Saindo de lá – e tentando responder a perguntas absurdas com temas que variavam do vôo dos pássaros à descoberta da América –, outro prédio chama sua a atenção, esse mais antigo ainda: o *Battistero di San Giovanni (2)*, primeira catedral da cidade, que já tinha quase mil anos quando ele brincava por ali. As portas são uma maravilha. Me aproximo para vê-las de perto, mas ele não me acompanha. Rindo lá de trás, grita: "Não perca seu tempo, são réplicas! As MESMAS réplicas!". E me convida a contornar a catedral, pois antigamente guardavam as portas originais em um prédio atrás do Duomo.

Meu companheiro estava certo: as portas originais do *Batistero* estão ali, no *Museo Dell'Opera del Duomo (3)*; esculturas impressionantes até para alguém como um Leonardo.

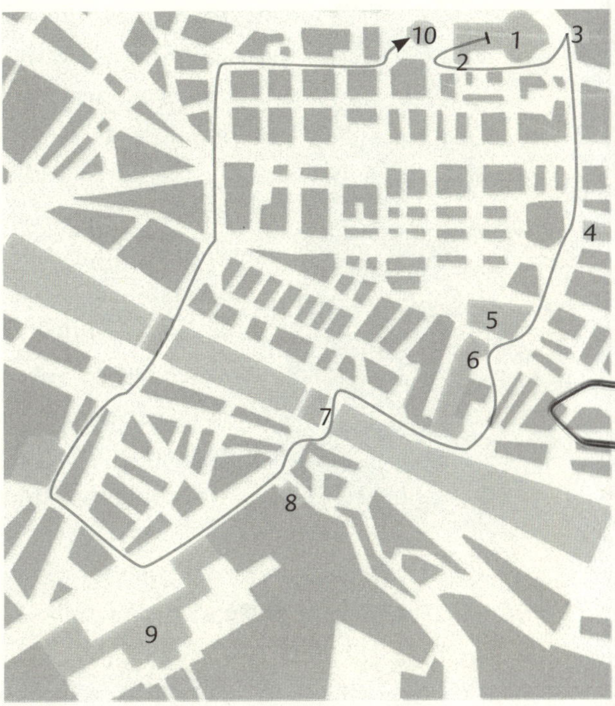

Olho para o lado e percebo que ele descobriu não se sabe de onde um lápis e usou o verso de um folheto para desenhar... a calça *jeans* de um sujeito que também olhava as esculturas, com um cuidado especial para as dobras do tecido. Para evitar encrencas, decido tirá-lo dali.

Apontando maravilhado para tudo em volta, ele demanda um cuidado especial enquanto corre pela avenida. Mostro a ele um prédio à esquerda, e ele me olha desconfiado. O mal-entendido acaba quando finalmente o convenço que, apesar do tamanho dos seguranças, já faz mais de 150 anos que o *Bargello (4)* não é uma prisão e sim um museu, com uma das mais impressionantes coleções de escultura da Renascença. Entrando, ele quase chora ao ver que não há obra sua (boa parte foi perdida ou derretida, uma pena), embora seus compatriotas Donatello, Jacopo Sansovino e Giambologna estejam ali. Em especial, ele se enfurece ao ver o Baco esculpido (divinamente) por seu rival Michelangelo em um lugar de destaque – o que me faz lembrar de desviar da réplica do *Davi*, obra-prima do mesmo artista, logo em frente.

David, Michelangelo Buonaroti. Galleria dell'Academia, Florença.

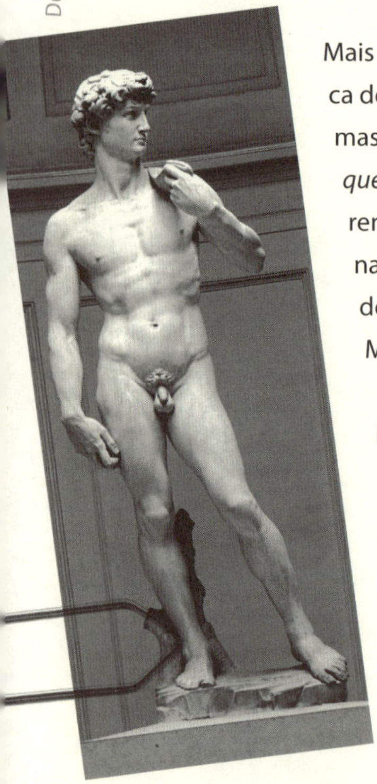

Mais adiante, o *Palazzo Vecchio (5)*, que não tinha esse nome na época dele. Leonardo era adolescente quando o local foi reformado, mas ainda se lembra bem. Quis subir para ver se o *Salone de Cinquecento*, sede dos representantes da Itália na época em que Florença era a capital, ainda guardava seu quadro *Batalha de Anghiari* na parede, mas mudou de idéia ao saber que ele havia sido perdido em uma reforma. "Perderam também a *Batalha de Cascina*, de Michelangelo", eu disse, mas isso não serviu de consolo.

Ele estava visivelmente chateado. Para consolá-lo, um remédio infalível: a *Galleria degli Uffizi (6)*. Como era um sonho, pude furar a fila (que, para quem não fez reserva, pode demorar até cinco horas). No balcão do restaurante, comemos um lanche e – quem diria? – aproveito para contar a ele um pouco da história do prédio, antigo depósito de obras de arte colecionadas pela poderosa família Médici e hoje um dos museus mais famosos do mundo.

O Davi de Michelangelo que fica na frente do Palazzo Vecchio é uma réplica. O original está na Galleria dell'Academia, ali pertinho.

Impressionado com tudo, ele se comportava como se o tivesse visto na vida. Olha para os lados, pára para admirar uma ou outra obra, impressiona-se com seu tamanho e quantidade de peças. Isso fazia sentido: o museu nasceu uns 40 anos depois da morte de Leonardo da Vinci. Além do mais, não há quem consiga ignorar o encanto de tantas obras-primas. Caravaggio, Ticiano, Giotto, Rafael, Michelangelo... e, finalmente, três obras de Leonardo da Vinci com temas religiosos – o *Batismo de Cristo* (em que há um suspeito sussurrar), a *Anunciação* (só com figuras femininas) e a *l'Adorazione dei magi*, a Adoração dos Reis Magos, tema desenhado também por Botticelli e Albrecht Dürer (as três pinturas estão na Uffizi, é divertido compará-las – a de Leonardo, mesmo sem estar completa, é impressionante). Disse a ele que, mais de um século depois, a obra serviu de inspiração para outro pintor genial, o belga Peter Paul Rubens. "Preciso terminar este quadro, então", disse rindo.

Atravessamos a *Ponte Vecchio (7)*, uma construção medieval com joalherias sobre o rio. Do outro lado, ele chama a atenção para mais um projeto de Brunelleschi, a *Chiesa de Santa Felicità (8)*. Eu o arrasto para uma construção que, acredito, chamará muito mais sua atenção, em uma praça um pouco adiante. Ao ver o prédio, ele exclama:

Vista da Uffizi. A foto alta foi para cortar a multidão que fica nas filas da porta.

— Nossa! O Luca Pitti ficou rico mesmo!
E conseguiu construir um palácio maior que o dos Médici!

É minha vez de me divertir e contar a verdadeira história. O banqueiro *Luca Pitti* era o antigo dono da propriedade. Ele realmente tinha esse objetivo, mas sua ganância o levou à falência e forçou-o a vender seu palácio para os Médici, família que controlava a cidade. Eles o transformaram no *Palazzo Pitti (9)*, e mudaram a sede do governo para lá. Hoje é o maior museu de Florença, com mais de trinta mil m^2. Nem em sonho daria para entrar nele no meio da tarde (a visita demanda mais de um dia inteiro, como o Louvre), o que é uma pena. Leonardo provavelmente se impressionaria com o Museu de Zoologia e História Natural que fica lá dentro. Apesar de estranho nos dias de hoje, na época dele arte e ciência ocupavam o mesmo espaço.

Na *piazza* em frente ao Palazzo Pitti, ele começa a se mostrar preocupado com o horário. Precisava voltar para onde eu o havia encontrado antes do anoitecer. Olha para meu relógio com tanta insistência que, por via das dúvidas, resolvo guardá-lo no bolso. Ao passar por uma livraria, lhe compro um exemplar do *Código Da Vinci.* Ele o examina divertidamente, olha bem para a capa e o ajeita em sua bolsa, comentando que ali existiam algumas idéias interessantes. Quando perguntei quais eram, ele mudou de assunto.

No caminho de volta, pensava de onde um homem da idade dele tirava tanta energia. Ao chegar aos pés da *Campanille di Giotto (10)*, torre do sino da catedral, percebo que ele já escalou mais da metade. Subo os mais de 400 degraus da torre e finalmente o alcanço. Ao me ver, me dá um abraço, agradece a companhia e diz algo como:

—"Ciao, como dizem os venezianos!"

Antes que pudesse esboçar uma resposta, vejo-o pegar uma caixa que tinha escondido perto de uma parede, amarrá-la na cintura e descer a escadaria correndo e dizendo "um-degrau-para-cada-ano". Tento alcançá-lo, mas tudo que vejo é uma nuvem de poeira e mais nada: ele havia desaparecido. Um pouco tonto, volto para o topo da torre. Enquanto observo a vista, lembro do dia.

O sino da *Santa Maria dei Fiori* (na verdade, o despertador) me traz de volta para a realidade. Ainda atordoado pelo sonho, penso na Florença de Michelangelo, Dante e Maquiavel e nas aproximadamente três milhões de perguntas que gostaria de fazer para Leonardo, lamentando que nenhuma tenha aparecido na hora.

PRÓXIMOS PASSOS: Depois de Florença, nada melhor que outra cidade romântica, medieval e preservada. As opções são várias, fico com *Verona* (você pode levar Romeu ou Julieta como acompanhantes, contanto que zele pela saúde de seus corações) ou Veneza. Nesse caso, não leve Marco Polo como companhia, porque ele não parava na cidade. Vivaldi pode ser muito mais adequado, contanto que não assobie *As Quatro Estações* enquanto alimenta os pombos da *Piazza San Marco*.

DESAFIO: Leonardo talvez gostasse de saber que suas obras são consideradas sem preço, embora até a Mona Lisa já tenha sido roubada. Quem financia esses crimes, qual seu objetivo e onde se costuma guardar as peças receptadas?

RESPOSTA: *A história de milionários excêntricos que colecionariam obras famosas em cofres secretos de suas mansões (tópico 5) é lenda. Mesmo terroristas, ativistas ou vândalos costumam escolher alvos mais populares (a ignorância às vezes é uma bênção). Obras famosas e sem preço continuam no alvo de bandidos por um motivo mundano: o resgate. Segundo a Interpol (tópico 11), isso é ação do crime organizado, uma das mais lucrativas.*

31. Leonardo da Vinci

Imaginação da humanidade

"Que maravilha! Como há criaturas divinas por aqui!
Como é bela a humanidade!"
"Oh, admirável mundo novo que abriga tais pessoas!"

Essa citação é de Shakespeare, mas bem que poderia ser de Leonardo da Vinci. Sua figura é tão fascinante que merece uma visita mesmo sem ser lugar ou instituição. Se não fosse pintor, inventor, músico, filósofo, desenhista, cientista, arquiteto, engenheiro, projetista, astrônomo e escultor, ele bem que poderia ser um estado de espírito – a curiosidade permanente, quase infantil.

Existem vários livros sobre sua vida e obra. O que mais me impressiona neles não é o conteúdo, mas o tom acadêmico e professoral. Tratam Leonardo como uma figura histórica e sua obra como intervenção divina, segredo milenar ou conquista militar. Pena. Respeito e admiração não deveriam ser transformados em um código hermético.

A "Mona Lisa" de Marcel Duchamp: atenção para o bigodón.

No século passado, alguns movimentos mostraram que "arte" é uma forma diferente de olhar para um objeto. Para eles, qualquer coisa poderia virar arte. Qualquer coisa MESMO, inclusive bidês ou fotos de jornal. Seu alvo predileto? A *Mona Lisa*, óbvio. Marcel Duchamp desenhou um bigode e cavanhaque sobre uma reprodução dela e escreveu as letras L.H.O.O.Q. embaixo. Em francês, essas letras têm o som de "ela tem um traseiro quente". Andy Warhol reproduziu a Gioconda em telas de *silk screen* (fez o mesmo com a *Santa Ceia*) e, mais tarde, até uma tartaruga ninja foi chamada de Leonardo.

Acredito que ele se divertiria com essas brincadeiras. A prova disso é que uma das figuras

L.H.O.O.Q., Marcel Duchamp. Museu Boijmans Van Beuningen, Rotterdam, Holanda.

à direita de sua tela *Adoração dos Reis Magos* pode ser o poeta Dante Alighieri, que também vivia em Florença na época.

Nascido em 1452 na vila de *Anchiano*, perto da cidade de *Vinci*, na Itália, diz-se que era filho ilegítimo de um advogado chamado Piero. De acordo com os costumes de então, seu nome ficou simplesmente *Leonardo di ser Piero da Vinci* – ou Leonardo, filho do Sr. Piero, que veio de Vinci.

Mesmo não sendo "oficial", era uma criança reconhecida e querida por todos, tanto que seu pai o ajudou em muitos contatos e o colocou no primeiro emprego, o estúdio do artista Verrocchio, um dos mais importantes da cidade. Ele mostrou que tinha talento e logo se tornou pintor independente. Aos 25 anos, sua já enorme fama lhe valeu o patrocínio do governador Lorenzo de Médici. Como Leonardo tinha a mania de não terminar suas encomendas, a relação durou pouco. Mas nem por isso atrapalhou sua carreira: ele foi para Milão trabalhar para a família Sforza, correu Roma e Veneza e, quando morreu, trabalhava para ninguém menos que o rei da França, de quem ganhou uma vasta propriedade.

Leonardo era, sem dúvida, uma personalidade e tanto. Todo mundo sabe que ele tinha o hábito esquisitão de dissecar cadáveres, era um curioso incorrigível e desenhava genialmente. Na Florença do Renascimento, era o homem certo. Curioso e multidisciplinar, época em que a arte e a ciência não eram tão distintas, acreditava que a natureza (e não a Igreja) era a verdadeira fonte do conhecimento. Isso pode até não ter lhe rendido grandes dores de cabeça, mas certamente restringiu mercado: o papa Sixto IV chamou para Roma a nata da arte florentina: Botticelli, Brunelleschi, Michelangelo... mas não Leonardo, cuja postura polêmica (e inserção de símbolos nas obras) causava desconforto.

Ao contrário da maioria de nós (mas do mesmo jeito que Newton, Einstein, Galileu ou Mozart), não perdeu o maravilhoso hábito infantil de se perguntar o tempo todo "por que as coisas são do jeito que são?" e de imaginar objetos mágicos, sem se preocupar com sua viabilidade mecânica ou aplicação comercial. Acho que ele deveria ser admirado por sua capacidade inesgotável de fazer perguntas, mais até que de elaborar respostas.

Algumas obras sobreviventes (nenhuma escultura, uma pena):

Uffizi, Florença, Itália

Anunciação (1475-1480)

Adoração dos Reis magos (1481)

Batismo de cristo (1475-1478)

National Gallery of Art, Washington DC, EUA

Ginevra de Benci (1475)

Museu Hermitage, S. Petersburgo, Rússia

Madona de Benois (1478-1480)

Madona Litta (1490-1491)

Alte Pinakothek, Munique, Alemanha

A Virgem com flores (1478-1481)

Museu do Louvre, Paris, França

Madona das rochas (1483-1486)

La belle ferronière (1495-1498)

Mona Lisa (La Gioconda) (1503-1505/1506)

A Virgem e o menino com Santa Ana (1510)

São João Batista (1514)

Baco (1515)

Museu Czartoryski, Cracóvia, Polônia

Dama com Arminho (retrato de Cecilia Gallerani) (1488-1490)

Pinacoteca Ambrosiana, Milão, Itália

Retrato de um músico (1490)

Convento de Sta. Maria delle Grazie, Milão, Itália

A Santa Ceia (1498)

National gallery, Londres, Reino Unido

Virgem com o menino, Santa Ana e São João Batista (1499-1500)

Madona das rochas (1508)

Eis um jantar que deu indigestão em muita gente.

A Santa Ceia, Leonardo da Vinci. Convento de Sta. Maria delle Grazie, Milão.

Quase todo mundo procura segredos nas pinturas dele. Numerólogos, então, nem se fala. Descobriram que, se atribuíssem um número para cada letra do alfabeto, a começar pela letra A, teriam que a soma das letras M + O + N + A + L + I + S + A (84), seria o mesmo que a soma de L + A + G + I + O + C + C + O + N + D + A e a de L + E + O + N + A + R + D + O.

Mágica? Auto-retrato? Não, apenas uma coincidência forçada. Essa história tem vários furos. "Giocconda" tem um C só, o que estraga a conta. Pra piorar, não se tem registro de Leonardo ter chamado alguma vez o quadro de *Mona Lisa*. O título surgiu na biografia escrita por seu irmão, 31 anos depois da sua morte. Há quem diga que a mulher pintada era Lisa Gherardini (*Madonna Lisa,* ou *dona Lisa*), que, ao se casar com Francesco del Giocondo, assumiu a forma feminina do sobrenome do marido.

Pelo que se sabe, Leonardo não chamava a pintura nem de Gioconda. Os dois nomes surgiram quando as pinturas renascentistas voltaram a ser discutidas, no século XIX. Até então o quadro era referido como "uma mulher florentina" ou "cortesã com véu de gaze". Quanto ao fato de ser auto-retrato travestido, prefiro acreditar que, da mesma forma que Michelangelo na Capela Sistina, Leonardo tenha usado modelos masculinos até para desenhar mulheres – eram mais abundantes e baratos – ou até um espelho para ajustar detalhes quando a mulher não estivesse lá (ele levou quase quatro anos para completar a pintura, haja paciência).

O interesse pela Mona Lisa aumentou depois que ela foi roubada do Louvre em 1911. Entre os suspeitos estava até Pablo Picasso, que foi chamado a depor. Ele foi liberado e a pintura, dada como perdida. Descobriu-se mais tarde que um dos empregados do museu a tinha simplesmente levado escondida em seu casaco. Seu plano era mirabolante: ele pretendia fazer cópias e vendê-las como se fossem o original perdido. Como não arranjou compradores, acabou tentando vendê-la justamente para um mercador de Florença, que o delatou.

Trechos da Mona Lisa, Leonardo da Vinci. Museu do Louvre, Paris.

Hoje ela é protegida por um vidro que a defende tanto dos *flashes* como de ameaças feitas por doidos. Depois de sobreviver a ataques com ácido e pedras, a maior ameaça que a tela sofre nos dias de hoje é a deterioração da madeira sobre a qual ela foi pintada.

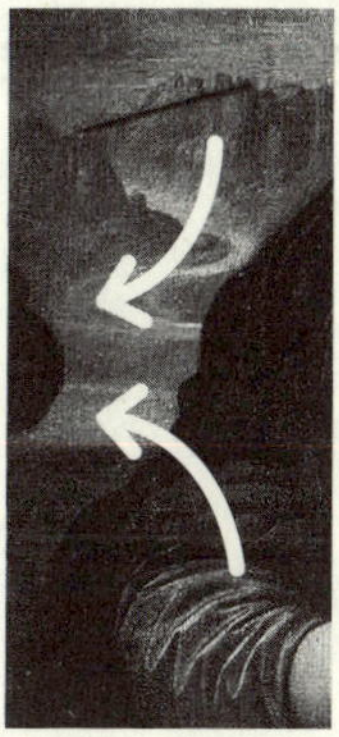

Um ´ltimo detalhe para os fãs de teorias de conspiração: poucos comentam que *A Mona Lisa* foi cortada: partes do painel em ambos os lados foram removidas, mas ainda se pode ver as bordas de suas bases.

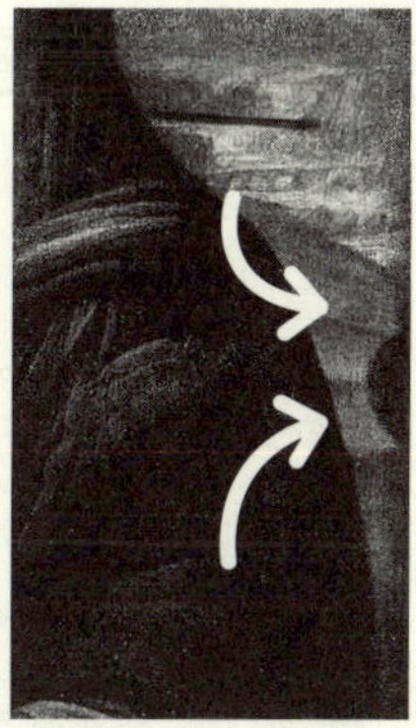

MISTÉRIO! As bases de pilares indicariam a existência de um arco em torno da Mona Lisa original? Que mensagem ele conteria? Por que ele teria sido cortado?

PRÓXIMOS PASSOS: Se a figura de Leonardo da Vinci fascinou você, conheça *Shakespeare*, igualmente misterioso e falado. Se por um lado dizem que sua obra completa deveria ser reverenciada da mesma forma que o Velho Testamento, por outro procuram incoerências para mostrar que não foi inteiramente escrita por ele. As semelhanças são admiráveis.

DESAFIO: Leonardo da Vinci tinha um grande interesse pela matemática da arte e natureza. Uma das formas chamava muito sua atenção. Qual?

__RESPOSTA:__ Phi e a Seção Áurea (tópico 15), usados na maioria de seus quadros. Se você pensou em arcos e pedras-chave (tópico 16), chegou perto: eles também obedecem à Seção Áurea.

32. Outros lugares de interesse – Paris

Paris, França

Para sua despedida de Paris, dê um jeito de pegar um dia ensolarado de primavera, e aproveite que eles são poucos em abril. Vista uma roupa leve e prepare-se para subir o morro. Vamos para a Paris romântica, das lojinhas, bistrôs, mercados, pintores, *Amélie Poulain* e ruazinhas de paralelepípedos. Ela está em *Montmartre* que tem, entre seus tesouros escondidos, até um vinhedo.

Com essa particularidade geográfica – Paris é quase inteira plana – o bairro se tornou centro de várias batalhas. Mas a verdadeira resistência pela qual o bairro se tornou conhecido é a cultural. Entre 1907 e o começo da I Guerra Mundial, ali foi o centro da comunidade artística. Uma vizinhança com nomes como Pablo Picasso e Salvador Dalí. Eles ainda não eram conhecidos e o bairro não tinha nada de especial. O interesse era puramente econômico: os aluguéis e *bistrôs* eram relativamente baratos. Depois da guerra os preços subiram e os artistas se foram, mas a vizinhança estaria permanentemente marcada.

O maior destaque do bairro é a Basílica Católica do Sagrado Coração (em francês, *Sacré-Coeur*). Fincada bem no alto do morro, dá para vê-la de toda a cidade, como o Arco do Triunfo e a Torre Eiffel. Diferente das outras igrejas citadas neste livro, ela não é gótica nem templária. A construção tem um quê bizantino, com sua abóbada e fachada em mármore branco que fica amarelada no nascer e pôr-do-sol. Nem mesmo as lojas medonhas de bugigangas turísticas a seus pés conseguem tirar seu charme. Se bater uma preguiça inesperada na hora de subir a escadaria, pode pegar o bondinho.

Apesar de a basílica ser a construção mais imponente, Montmartre ficou mais conhecida por sua casa "suspeita" mais famosa do mundo, o *Moulin Rouge* (também, que outra *boïte* teve cartazes pintados por um artista do porte de *Toulouse-Lautrec*?).

Tan-tan-tararara-tan-tan-tararara-tan-tan-tarararará!

Se visitá-la, saiba que boa parte do clima rebelde se foi. Hoje é mais uma atração turística e show musical de luxo que um inferninho. Por exemplo, não se pode fumar (?!?!?) e a vestimenta é formal. Para piorar, a brincadeira não sai barata. A entrada custa entre € 85 e € 95. Se estiver pensando em jantar, prepare o bolso para uns € 200.

Outras casas menos conhecidas também ficam por ali, no entorno do *Boulevard de Clichy* e da *Place Pigalle*. Para essas é bom ficar atento. Algumas moçoilas ficam nas portas dos clubes e arrastam os desavisados para dentro. Vá acompanhado, se possível.

Outra opção, completamente diferente mas também dentro do clima do *Código Da Vinci*, é ir às Catacumbas – a rede de túneis que serviu como um dos primeiros cemitérios da cidade. Ela faz com que qualquer um se sinta nas montanhas afegãs, cavernas da Capadócia ou debaixo do Templo de Salomão, embora com comida e vinhos decentes ao alcance.

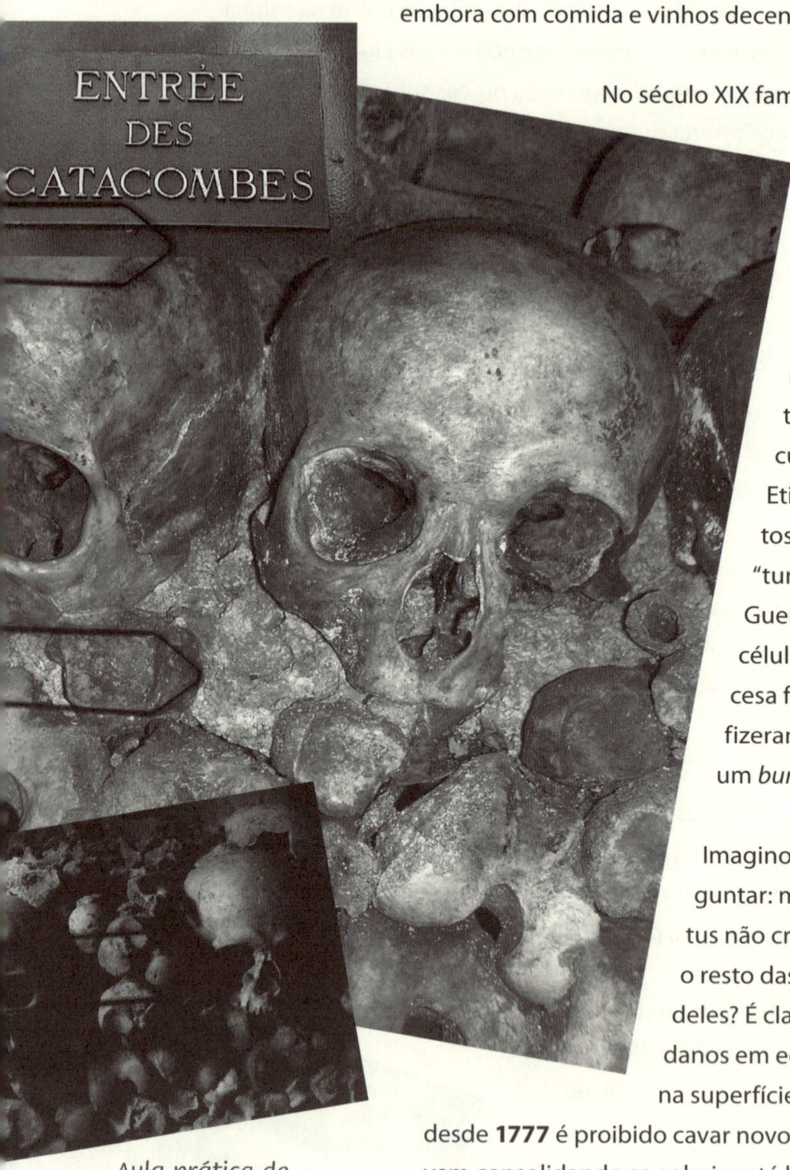

No século XIX famílias inteiras moraram lá. Para escrever o famoso romance *Os Miseráveis*, seu autor, Victor Hugo, usou o conhecimento que tinha sobre a rede de túneis. Mais tarde elas foram desocupadas e arrumadas. Etiquetaram os esqueletos e deram uma ordem "turística". Durante a II Guerra Mundial, algumas células da resistência francesa foram ali e os alemães fizeram o mesmo, criando um *bunker* debaixo do 14ème.

Imagino que você deva se perguntar: mas esse bando de tatus não cria um problemão para o resto das construções acima deles? É claro que sim. Provoca danos em edifícios e até buracos na superfície. A tal ponto que desde **1777** é proibido cavar novos túneis e a prefeitura vem consolidando as galerias até hoje.

Aula prática de anatomia histórica

O subsolo de Paris é um queijo Gruyère (também tem muitos buracos e pelo menos é um queijo francês), com túneis de todos os tipos, galerias de esgoto, redes de fiação subterrânea, além do metrô.

O total tem mais de 300 quilômetros e só uma pequena parte é aberta ao público, por motivos óbvios. Mas como os túneis são muitos, dá para se fazer uma expedição arqueológica clandestina por bueiros ou passagens de serviço. Não preciso dizer que isso não é nada recomendável. No mínimo, a freqüência é desencorajadora: traficantes, viciados e vários tipos de criminosos, principalmente à noite. A multa para quem for pego em um túnel desses é de € 100, mesmo assim tem muito maluco que faz manifestações literalmente *underground* por lá. Mesmo assim, outro dia fiquei sabendo de um grupo de doidos chamados *cataphiles*, que chegam a passar dias debaixo da terra.

Se você estiver na onda gótica de caixões e enterros ou mesmo se for um apreciador de arquitetura tumular e quiser um programa mais *light*, pode ir ao *Père Lachaise*. O maior cemitério de Paris é também um dos mais visitados do mundo. O que mostra como a *cité* entende de *marketâng*: quando abriu, muitos o evitavam por achá-lo distante demais do centro. Para aumentar a sua popularidade, transferiram os restos mortais dos literatos La Fontaine e Molière para lá em 1804. Treze anos mais tarde, disseram ter levado os restos mortais de Abelardo e Heloïse, o que faz até hoje com que namorados e desesperados em busca de amor verdadeiro deixem cartas de agradecimento ou pedidos por lá.

Deu certo. Um monte de gente quis ser enterrada com celebridades como Balzac, Molière, Sarah Bernhardt, Edith Piaf, Yves Montand, Isadora Duncan, René Lalique, Modigliani, Delacroix, Seurat, Ingres, Bizet, Chopin, Rossini, Maria Callas, Proust, Allan Kardec... nenhum desses mortos, no entanto, se equivale ao roqueiro Jim Morrison, dos *The Doors*. Sua horda de fãs – e os eventuais estragos que sua passagem causa – forçou a administração do cemitério a colocar ali uma guarda permanente.

Tsk, tsk, tsk... com tanta coisa bonita para se ver em Paris...

Depois de tanto sofrimento, você não acha que eles mereciam uma tumba de casal?

ABELARDO & HELOÏSE

Se você gosta de histórias de amor à Romeu e Julieta, veja esta: Abelardo era um filósofo bastante conhecido e admirado na Paris do século XII, famoso por atrair multidões a suas palestras. Tinha 37 anos. Diz a lenda que se encantou por uma de suas alunas, Heloïse, 20 anos mais jovem. Para se aproximar da moça, pediu ao tio dela que o alojasse na casa dele em troca de aulas particulares. Em pouco tempo se apaixonaram. Quando o tio descobriu, expulsou-o de casa. Mesmo assim os amantes continuaram a se encontrar. Ela engravidou e não sobrou alternativa para Abelardo senão pedir sua mão em casamento. O tio consentiu, mas, furioso, resolveu se vingar: mandou castrá-lo. Envergonhado, Abelardo tornou-se monge e obrigou Heloïse a se tornar freira. Ela tinha vinte anos. Durante muito tempo não se viram, apenas trocaram cartas doloridas e apaixonadas. Conseguiram se aproximar, mas nunca mais se falaram porque isso era visto como tentação carnal. Abelardo morreu em 1142, aos 63 anos. Ela morreu com a mesma idade, vinte anos depois, e pediu para ser sepultada a seu lado. Em 1817, o *marketing* os separou – os restos mortais dele foram transferidos para o Père Lachaise, os dela ficaram no convento.

PRÓXIMOS PASSOS: Para não dizer que não falei deles, experimente passear pelos bairros do *Quartier Latin* e *Marais*, redutos boêmios de artistas e intelectuais. O primeiro, ligado à Universidade de Paris-*Sorbonne*, tem esse nome por causa da língua falada pelos estudantes, Latim, e é bastante refinado. Já o *Marais*, antigo gueto judeu, é um caldeirão cultural animado dia e noite.

DESAFIO: Cemitério de personalidades das artes e ciências, o *Pére Lachaise* às vezes tem tumbas sem restos mortais, como é o caso da de Heloïse. Outros, em compensação, estão enterrados lá e têm placas comemorativas em seus países de origem. Um desses artistas, apesar da reprovação de seu comportamento pela Igreja, tem até um vitral em um dos lugares mais sagrados de seu país. Quem é ele e onde fica a homenagem?

RESPOSTA: *Oscar Wilde, que, apesar de ser preso por ser homossexual, tem um vitral com seu nome na Abadia de Westminster (tópico 26). Se você pensou em Leonardo (tópico 31), saiba que seu túmulo também está em uma igreja, a do Castelo de Amboise, onde faleceu.*

33. Outros lugares de interesse – Londres

Londres, Inglaterra

Um dia sem chuva em Londres não é sorte: é ficção científica. Por isso, entre uma garoazinha e outra, vamos ao *Museu Britânico*, o maior e um dos mais importantes museus da história da cultura humana.Quer a *Pedra de Rosetta*, peça fundamental para a tradução dos escritos egípcios? Está lá. Quer o *Parthenon*, o famoso templo grego? O que ele tem de mais importante está lá. Centauros assírios? Vasos etruscos? Pipas chinesas? Totens canadenses? Tem de tudo e mais um pouco.

Com mais de 7 MILHÕES de objetos em seu acervo (muitos deles também guardados nos subterrâneos por falta de espaço), o Museu Britânico foi fundado como um centro universal de cultura. Na sua inauguração, em 1759, já tinha mais de 40 mil livros impressos, sete mil manuscritos, modelos de história natural e antigüidades do Egito, Grécia, Roma, Oriente Médio, Extremo Oriente e Américas – a maior parte procedente da coleção de artefatos arqueológicos de *Sir* Hans Sloane. Ele montou uma fundação que se compromete a manter a entrada gratuita e está impedida de comercializar qualquer obra – todas pertencem à nação.

Com doações e aquisições o museu foi crescendo, a ponto de precisar de uma casa maior. A fundação rejeitou uma doação imponente (ver desafio) e optou por reconstruir a sede no terreno original. A biblioteca também cresceu, por isso fizeram uma sala de leitura no meio do pátio aberta a qualquer um e com uma lista impressionante de patronos, como Marx, Lênin, Trotsky, Bernard Shaw, Virginia Woolf, entre outros. Hoje essa sala é só simbólica. Por falta de espaço, a maioria dos livros teve de ser transferida para a *British Library*.

As coleções de história natural também tiveram de sair e foram para um museu dedicado a esse fim, perto de *Kensington Gardens* (vale a pena visitar, a coleção é gigantesca, as exposições são didáticas e divertidas e suas paredes têm entalhes na forma de fósseis). A coleção de arte ocidental foi para a *National Gallery* e a de arte aplicada, para o museu *Victoria&Albert*.

Falando assim, parece que o museu está vazio e que não tem parte da pompa que um dia teve. Nada poderia estar mais longe da verdade. Para cá, valem as mesmas regras do Louvre. A propósito, ele também tem uma construção de vidro translúcido, cheia de triângulos, com função de clarabóia: o teto de seu pátio interno, que forma uma abóbada curva, como uma rosquinha com o centro circular e bordas retangulares. Ela é enorme e, com o mármore branco, dá uma atmosfera de templo ao pátio interno do museu. Vale a pena sentar nas mesas da lanchonete e olhar para cima, tentando imaginar como aqueles triângulos se sustentam.

Em vez de almoçar por lá – o restaurante não é grande coisa e os da região costumam ser caros demais para a qualidade de seus pratos – você pode ir a um *pub* londrino típico: escuro, um pouco esfumaçado e de preferência com um nome esquisito, do tipo *The Rat and Parrot*. Nesses lugares o ideal é tomar uma *pint* (pronuncia-se "paint") da cerveja tipo *stout*. A marca mais conhecida é a *Guinness* – amarga, bem forte e servida normalmente à temperatura ambiente. Uma modernidade é a versão *extra cold*, temperatura de um bom *chopp* brasileiro. O que não muda é o ritual para tirá-la (em duas etapas, leva um tempinho). Ver o líquido marrom assentar até parecer um pudim preto com uma cobertura bege de aproximadamente um centímetro é maravilhoso. Se quiser experimentar outros sabores, peçaao *barman* meia *pint* de várias cervejas locais, com nomes que você nunca ouviu antes, algumas de coloração vermelha, todas muito boas.

Guinness em um Pub: anti-stress à moda do Reino Unido.

Acompanhe com um *bowl of fries* (batata frita) e esqueça o regime. Não fale *french fries* – isso é coisa de americano, eles não gostam ou não entendem. Se estiver com fome, pode pedir um *fish 'n chips* (peixe com batata frita). É oleoso, mas muito bem servido. Atenção para a cozinha "tradicional" inglesa. Ela é famosa por não ser lá grande coisa, com iguarias do tipo "torta de rim" ou feijões com lingüiça.

É o que dizem: com aquele clima e aquela comida, é natural que os britânicos formassem um império – estavam doidos para fugir de casa.

Como o clima provavelmente estará chuvoso (típico), siga para outro programa em regime semi-interno: vá de metrô até a estação de *Embankmen* e atravesse a pé a passarela sobre o rio. Do outro lado, o *South Bank Centre*, uma monstruosidade de concreto cheia de bons programas culturais o espera. Escolha entre a *Royal Festival Hall*, com concertos de *jazz* e música clássica; a *Hayward Gallery*, com exibições de fotógrafos e pintores; o *National Film Theatre*, com bons filmes independentes; e o *Royal National Theatre*, com peças contemporâneas, como as do recente ganhador do prêmio Nobel Harold Pinter. Reserve seu programa com antecedência (alguns espetáculos chegam a lotar meses antes de sua estréia) ou simplesmente entre em qualquer sala. A qualidade é garantida.

"What a glorious feeling, I'm happy again!"

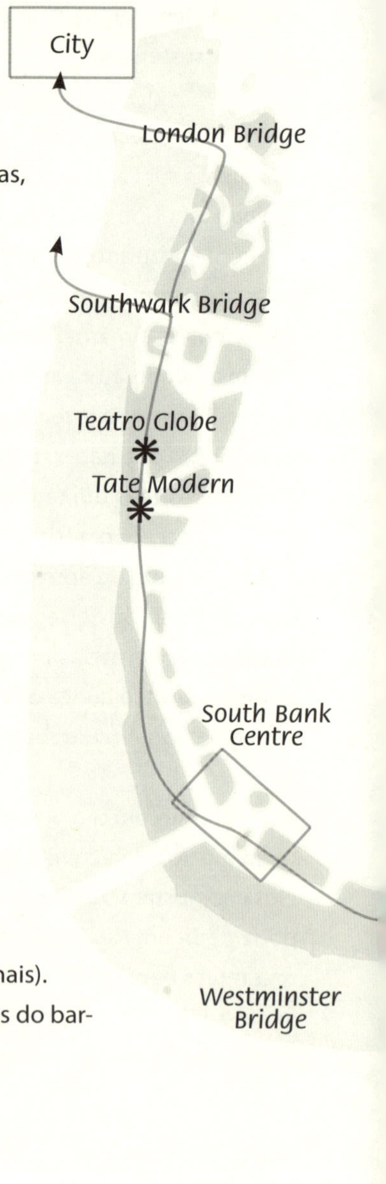

Seguindo para a direita você passará por uma antiga usina remodelada: a galeria de arte contemporânea *Tate Modern*, com sua arquitetura de cair o queixo e livraria de arte e fotografia que fazem jus a seu acervo.

Logo depois fica o *Teatro Globe*, réplica bem autêntica do que Shakespeare usou para encenar suas peças (a obra foi feita usando técnicas tradicionais). Nos meses quentes há montagens de peças originais do bardo, sem microfone ou tradução.

Não é difícil achar uma entrada, principalmente para quem ficar em pé na platéia, mas é bom lembrar que *Hamlet* dura mais que 3 horas (e que chove, como chove em Londres). Mais à frente, a *Southwark bridge* e o metrô *Cannon Street* levam você de volta para o hotel.

PRÓXIMOS PASSOS: Se ainda tiver fôlego, ande até a *London Bridge* e a atravesse: você verá um caminho agradável entre o rio e a Torre de Londres até o coração do centro velho, a *City*. Lá você pode recarregar as baterias em outro *pub* ou voltar para o hotel e jantar em um dos vários restaurantes modernos que revolucionaram a culinária da cidade, como o *Nobu*, o *Bibendum Michelin* ou o *River Café*. Eles são caros (tudo em Londres é caro, maldita libra esterlina), mas valem bastante a pena.

DESAFIO: Quando a coleção do Museu Britânico se tornou grande demais, pensaram em mudá-la para outro prédio na cidade. Ele foi rejeitado, por ser afastado do centro na época. Mais tarde foi ocupado por parte da Monarquia. Qual é ele?

RESPOSTA: *Nada menos que o Palácio de Buckingham* (tópico 25), *residência oficial da Coroa inglesa. Embora fosse mais central, não se cogitou o uso do Palácio de Kensington, cujos jardins, aliás, inspiraram o Bois de Boulogne* (tópico 12).

34. Anjos e Demônios em Roma

Roma, Itália

Ir ao Vaticano e não visitar Roma é, com perdão do trocadilho, um pecado. Já que nada que diz respeito à nossa história acontece ali, resolvi colocar algumas dicas sobre a Cidade Eterna baseando-me em outro romance de Dan Brown. Ele se chama *Anjos e Demônios* e como é apresentado nas páginas finais do *Código Da Vinci*, é tecnicamente parte dele. Nesse livro, o personagem principal – também Robert Langdon – tenta impedir outra sociedade secreta (*os Illuminati*), de destruir o Vaticano. Como nos tópicos anteriores, vou me prender ao roteiro apresentado no livro. Ou quase.

Roma não foi construída em um dia, é o que dizem. Acrescento que tentar visitá-la em menos de uma semana só tende a aumentar a frustração. De memória, em ordem alfabética, dá para listar maravilhas como *Anfiteatro Castrense, Aquedutos, Ara Pacis, Arco de Constantino, de Septimius Severus, de Tito, Boca da Verdade, Campo de Fiori, Capitólio, Circo Máximo, Coliseu, Coluna de Trajano, Domus Áurea, Forum Imperial, Galleria Pamphili, Largo di Torre Argentina, Palatino, Palazzo Farnese, Piazza d'Spagna, Tabularium, Termas de Caracalla, de Diocleciano, de Tito, Trastevere, Via Appia, Villa Borghese...* e mais de 900 igrejas, uma grande sinagoga e uma mesquita equivalente.

Depois dos filmes de Federico Fellini e das comédias românticas dos anos 50 – como *A Princesa e o Plebeu*, com Audrey Hepburn, muita gente tem o sonho de conhecer a cidade a bordo de uma *Vespa*, aquela motoneta popular nos anos 1960. Várias empresas as alugam, em especial próximo de monumentos turísticos, mas não considero isso uma boa idéia. O trânsito de Roma é perigoso e os motoristas, muito agressivos. Cada um parece saber que o outro guia como um lunático, seguem em rota de colisão até desviarem no último instante. Todo mundo grita e buzina o tempo todo. No fim, chega-se ao destino normalmente, mas para quem não está acostumado parece que a morte segue o caminho todo de carona. Ande de táxi. Em Roma, as ruas são para quem dirige como os romanos.

Fiat 500: o tataravô do SmartCar.

As mesmas recomendações valem para o passeio a pé. A cidade é grande e boa parte das pessoas está com preocupações bem diferentes na cabeça do que o melhor ângulo para se fotografar um monumento. Para evitar que o estresse deles acabe por atropelá-lo, tente restringir seu passeio às vielas estreitas do centro histórico.

A trilha de *Anjos e Demônios* não passa pela *Fontana di Trevi*, mas como ela é muito bonita e está próxima de vários lugares citados no livro, nosso passeio já começa com uma licença poética. E que licença: Trevi é a maior fonte barroca da cidade (para mim, a mais bonita – e olha que a concorrência é pesadíssima). Para não enfrentar multidões, é bom começar o passeio cedo, enquanto ainda está meio friozinho.

Diz a lenda que, se você jogar uma moeda com a mão direita sobre o mesmo ombro para dentro da fonte, garantirá sua volta à Cidade Eterna (o que não é uma previsão difícil). Se jogar duas moedas, vai se apaixonar por uma *bella ragazza* ou *bello ragazzo* (o que tampouco é improvável). Três moedas e o/a sortudo/a se casará com aquele/a por quem se apaixonou em Roma. Quatro moedas e... um desperdício de dinheiro, não adianta o desespero.

Sob as águas da Fontana di Trevi, uma fortuna em moedinhas à espera do primeiro gaiato. Nem tente pegá-las, a polícia está de olho.

De lá para o *Pantheon*, este sim na rota do livro. De manhã cedo, a atmosfera do lugar consegue ser ainda mais fantástica. De todos os edifícios do Império Romano, ele é o mais bem preservado. É o único que ainda tem seu teto original, o que é impressionante se levarmos em conta que foi construído em 125 d. C. e usado continuamente desde então.

A estrutura é suntuosa. Seu interior é de mármore colorido, com um domo circular no teto. No meio dele há uma abertura circular direto para o céu – o "Grande Olho", que merece o nome, principalmente em dias bonitos. Na frente dele, a *Piazza della Rotonda*, cartão-postal do que todos conhecem por Roma (antes que os turistas a preencham com suas mochilas, entenda-se). De manhã é mais fácil conseguir um lugar para se tomar um *capuccino* cremoso.

Contorne o Pantheon. Atrás dele, uma dessas surpresas típicas da cidade: a *Piazza della Minerva*, se é que se pode chamá-la de *piazza*. Nessa praça não há plantas, fontes ou mesmo cafés, somente a entrada austera de alguns prédios antigos (nesta região as ruas não têm calçadas – os prédios acabam direto no calçamento). No meio dela, um simpático obelisco apoiado sobre um elefante. A sensação que se tem é de que o animal deixou o Pantheon rumo ao *Coliseu*, mas não tem certeza se está no caminho certo.

O passo do elefantinho.

Pegue a direção de volta ao Pantheon, mas vire à esquerda. Passe por trás dele e siga pelas esquinas tortas e pelos amarelados prédios centenários da *Via Palombella*, com suas lojas em prédios centenários, amarelados pelo tempo. Algumas *piazze* e quarteirões tortos depois – Roma antiga é um verdadeiro labirinto –, você terá chegado à *Piazza Navona*, de frente à fonte de mesmo nome.

Isso sim é que é *piazza*: pombos, cafés, fontes, prédios belíssimos, artistas e um baita obelisco em seu centro – a *Fontana dei Quattro Fiumi* (dos quatro rios), em que quatro homens representam continentes e rios do mundo "conhecido" na época: Nilo (África), Ganges (Ásia), Danúbio (Europa) e Prata (Américas). Bom lugar para almoçar e observar a multidão.

Mens sana in corpore sano, é hora de alimentar a alma. Para isso você só precisa atravessar a *piazza*. A igreja barroca (chega de gótico) de *San Agnese in Agonie,* um dos mártires mais populares de Roma, é o lugar perfeito. Dali é hora de pegar o mapa, para não se perder no caminho do *Castel Sant' Angelo.* Ele está a menos de um quilômetro, mas do jeito que são essas ruas, você pode voltar à *Fontana di Trevi* sem ao menos perceber.

Com a ajuda do mapa, chega-se ao rio Tibre. Atravessando a Ponte chega-se ao *Castel Sant' Angelo,* uma estranha fortaleza circular, construída como mausoléu para o Imperador Adriano e sua família, no século II. No alto, uma construção intrigante: a estátua de bronze de um anjo brandindo sua espada. Trata-se de uma alusão à crença antiga que tal figura teria aparecido para simbolizar o fim da peste do ano de 590. Ela dá o nome ao castelo (do Santo Anjo, em italiano).

Vaticano

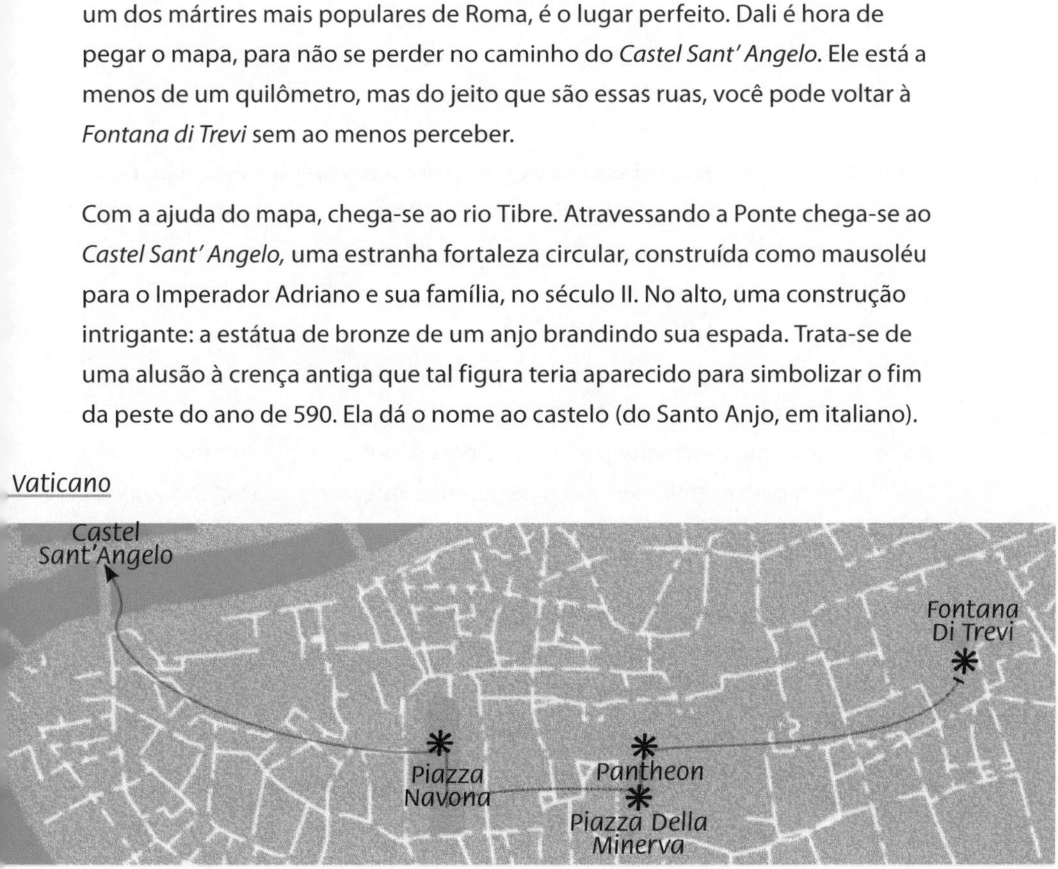

Vale a pena visitá-lo: ele serviu de prisão e refúgio para vários papas. Um deles, Nicolau III, fez uma passagem secreta digna de história em quadrinhos – conectou o castelo à Basílica de São Pedro por um corredor coberto e fortificado, chamado *Passetto di Borgo*. Essa passagem é aberta em eventos especiais, mas é mais interessante pelo que significa. Não é de espantar, afinal passagens secretas são usadas por pessoas com pressa, não faria sentido serem decoradas com afrescos ou quadros.

A passagem começa perto de onde era a ponte levadiça do Castelo. É um caminho estreito com pequenas brechas a cada cinco metros. Só uma pequena parte foi restaurada – a maior parte permanece bloqueada por detritos e é estreita demais para permitir visitas em segurança. Apesar de ter inspirado *Anjos e Demônios*, não é nada além de um corredor.

De volta ao Castel Sant'Angelo, pare no café do topo para um bom *espresso macchiatto* e uma gostosa vista de Roma. Deixe o resto dos lugares citados no livro – como a *Igreja Santa Maria del Popolo* e sua decoração magnífica feita por Caravaggio e Rafael – para outro dia. Ou outra viagem.

PRÓXIMOS PASSOS: Como todos os guias de Roma recomendam a visita ao *Coliseu*, deixo isso para eles e aproveito para finalizar esta viagem com algumas sugestões de restaurante. O lugar para ir é o bairro do *Testaccio*. Renovado há pouco mais de uma década, é hoje um dos lugares mais descolados. Além de contar com o que há de moderno em gastronomia, é um bom lugar para sair à noite e dançar. Para jantar, você sempre pode pedir uma massa (perfeitamente *al dente*) e, quem sabe, arriscar coisas novas como uma *animelle alla griglia*, um *abbacchio al forno*, ou uma boa *saltimbocca alla romana*. Do outro lado do rio, o refinado bairro de *Trastevere* também tem excelentes *trattorias* para a degustação de *carciofi alla romana* ou *alla giudia* (em respeito ao antigo bairro Judeu). Para acompanhar, um bom vinho da região da Toscana. Como sobremesa, um sorvete cremoso que ninguém é capaz de fazer como eles e, é claro, um *espresso* no final.

As opções são muitas. Só me faça o favor de não pedir *pizza*. Isso você encontra em qualquer esquina do planeta. *Salute*!

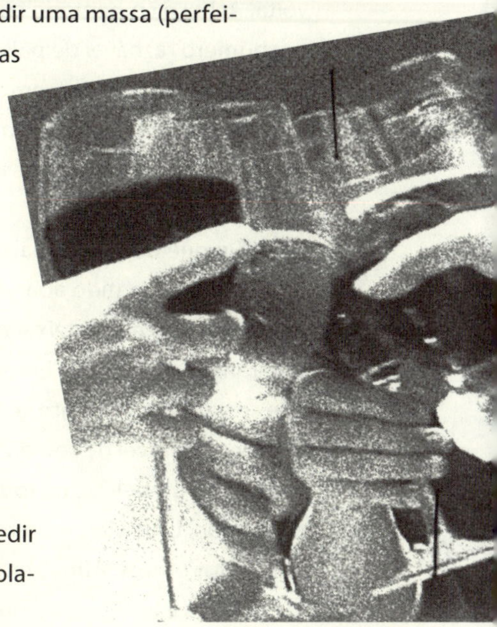

Obrigado pela companhia e desculpe qualquer coisa.

DESAFIO: Dentre os vários mestres renascentistas da Toscana que foram chamados pelo Papa Sixto IV para a construção de partes de Roma, uma ausência é especialmente notada. Quem é?

RESPOSTA: *Essa é fácil, uma colher de chá para o último tópico: ele mesmo, Leonardo da Vinci (tópico 31), que, por suas posturas polêmicas, acabou até sendo expulso do país e encerrou seus dias em um castelo próximo da Normandia (tópico 10), sem dúvida um grande erro.*

Conclusão: Desejos inspiram caminhos

Por que peregrinamos?

Certa vez uma amiga me disse que o que mais gostava em uma viagem era a volta. Achei o comentário curioso, ainda mais vindo de alguém que conhecia um número razoável de países. Não era a volta à vida rotineira que a estimulava, mas o reencontro com seu cotidiano depois de ter se deparado com culturas e costumes tão diferentes dos seus. "Sob esse ponto de vista", me disse, "cada viagem externa corresponde a uma viagem de auto-conhecimento".

Isso dá o que pensar. Afinal de contas, por que viajamos? Em uma análise fria, não faz muito sentido abandonar o conforto de sua casa, amassar roupas em uma mala (e sempre deixar alguma coisa de fora), se espremer por horas em um transporte, encarar hotéis, comidas, línguas... sem contar o dinheiro que se gasta. No entanto, a cada dia mais e mais pessoas reservam uma fatia considerável de seu orçamento para viagens. Pode ser porque, em tempos de globalização, todos estejam cada vez mais curiosos a respeito do mundo. Uma viagem sempre ajuda a diminuir a desinformação que temos dos outros. Afinal, em todos os lugares há pessoas boas e más, felizes e infelizes, como eu e você.

A meu ver, existe uma diferença entre o turista e o viajante. Enquanto o primeiro busca levar seu meio de vida para os lugares que visita (e reclamar que as coisas não são tão boas/eficientes/baratas/gostosas quanto em sua terra), trazendo suas lembranças na forma de compras e presentes, o segundo procura não chamar a atenção nos ambientes que visita, como um fotógrafo de vida selvagem. Esse costuma trazer em sua bagagem mais histórias que souvenirs, mais amigos que itens na fatura do cartão de crédito.

O Código Da Vinci não trata do Santo Graal, mas da busca por ele. Sob esse aspecto, se equivale ao que propõe a maioria das religiões.

Ao empreender uma viagem – interior ou internacional – nos dispomos a compreender melhor o próximo e viver a diversidade do mundo na prática. Isto é, na minha opinião, um excelente motivo para sair de casa.

Em sua próxima viagem, experimente levar na mala um caderno vazio e usá-lo para dar vazão a seus pensamentos. Já me disseram que há um quê de psicanálise nisso, mas confesso minha total ignorância no assunto. Só sei que, na pior das hipóteses, você terá um bom bloco de anotações à mão. Boa viagem.

Tabela de desafios

Todos juntos e de uma vez só.

	Capítulo	**Tema**	**Resposta**	**Resp. errada**
1	Museu do Louvre	Fortaleza à beira de rio com passagem secreta	34 Castel Sant'angelo	23 Torre de Londre
2	Igreja de St. Sulpice	Marcações do Merid. de Paris no chão	9 Med. Arago	28 Capela Rosslyn
3	Arredores do Louvre	*Marco zero* de Paris?	18 Notre-Dame	1 Louvre
4	Pirâmides do Louvre	Arrojada estrutura com triângulos	33 Museu Britânico	29 Rennes-Le-Chât
5	Paris très chic	Chique até a morte	32 Pére Lachaise	30 Florença
6	Vaticano	Outro Domo famoso	30 Florença	34 Roma
7	Opus Dei	Org. autônoma e independente	1 Louvre	6 Vaticano
8	Caminho de Silas	Peregrinos modernos	29 Rennes-Le-Château	18 Chartres
9	Medalhões de Arago	Meridiano de Gizé	14 Jerusalém	15 *Phi*
10	Normandia	Fortificação em ilhota	8 Marselha	32 Montmartre
11	Interpol	Associação uniforme	7 Opus Dei	25 Reino Unido
12	Fuga de Paris	Inspiração para o Bois de Boulogne	24 Hyde Park	17 Versalhes
13	Castel Gandolfo	Documentos de observação encontrados por acaso	21 Cadernos Leonardo	20 Manuscritos Mar Morto
14	Jerusalém	Centro religioso que sofre com atentados	23 Londres	19 Istambul
15	*Phi* e proporção Áurea	Que const. católica em Paris usa prop. Áurea?	16 Notre-Dame	4 Pirâmides Louvr
16	Arquitetura clássica e igrejas	Construção que foi catedral, mesquita e museu?	19 Istambul	14 Jerusalém
17	Versalhes e La Villette	Palácio que sedia o parlamento desde séc. XIII	27 Westminster	3 Tuilleries
18	Gótico e Notre-Dame	Onde surgiu o Gótico?	12 St. Denis (arredores de Paris)	26 Abadia de Westminster

Capítulo	Tema	Resposta	Resp. errada
19 Constantino	Outra capital provisória	17 Versalhes	8 Marselha
20 Manuscritos do Mar Morto	Org. religiosa independente que patrocinou peregrinações	22 Templários	7 Opus Dei
21 Cadernos de Leonardo	Invenção de Galileu que lhe causou problemas com Roma	13 Castel Gandolfo	33 Museu Britânico
22 Temple Church	Igreja é famosa pelo Órgão mas que todos olham o chão	2 St. Sulpice	27 Chapter House
23 Londres	Mesma função que a Torre	10 Normandia	13 Castel Gandolfo
24 Parques de Londres	Bairro conhecido como *Pântano*	5 Marais	2 Saint Germain-des-Près
25 St. James's Park	Centro administrativo e religioso	6 Vaticano	24 Palácio de Kensigton
26 Westminster	Linha Rosa dá o nome a uma cidade e construção	28 Capela Rosslyn	9 Arago
27 Chapter house	Material religioso encontrado por acaso	20 Manuscritos do Mar Morto	21 Cadernos de Leonardo
28 Capela Rosslyn	Construção com forma geométrica que gera debates	4 Pirâmides do Louvre	22 Temple Church
29 Rennes-Le-Château	Divindade feminina com morte trágica	20 *Lady Di*, morta em Paris	24 Interpol
30 Firenze com Leonardo	Roubo de obras de arte	11 Interpol	5 Milionários excêntricos
31 Leonardo Da Vinci	Apaixonado por uma forma da natureza	15 Phi	16 Pedras-chave
32 Outros lugares em Paris	Artista enterrado em Paris e homenageado em outro lugar	26 Oscar Wilde, em Westminster	31 Leonardo
33 Outros lugares Londres	Nova sede Museu Britânico	25 Buckingham	12 Bois de Boulogne
34 Anjos e Demônios em Roma	Ausência em Roma	31 Leonardo	10 Normandia

OBRIGADO

Agradecimentos

Tenho certeza que não seria possível sem vocês.

Gostaria de agradecer o apoio de muitos amigos, sem os quais seria impossível escrever um guia desses. Para evitar a omissão deste ou daquele nome – são tantos – prefiro mencionar as empresas e escritórios em que atuam. Se deixei algum de fora, mil perdões. Estou especialmente distraído nestes dias.

Meu obrigado especial para meus amigos na *Agenzia per il Turismo di Firenze, American Express Travel Service, Azienda di Promozione Turistica del Comune di Roma, British Travel Centre, Chartres Convention & Visitors Bureau, Comité régional du tourisme de Normandie, Comité régional du tourisme du Languedoc-Roussillon, Corporation of London Tourism Centre, Discover Islington Visitor Centre, Edinburgh Tourist Board, Lewisham Library, London Convention and Visitors Bureau, London Tourist Board, London Tourist Board and Convention Bureau, Ministry of Culture and Tourism (Turkey), Office de Tourisme de Rouen, Office de Tourisme de Versailles, Office de Tourisme du quartier français, Office de Tourisme du Vallée de la Loire et ses Châteaux, Office du Tourisme de Paris, Office du Tourisme et des Congrès de Marseille, Paris Convention and Visitors Bureau, Southwark Information Centre, Thames Consular Services Ltd, The British Tourist Authority, Thomas Cook Travel Centres, Tourism Ministry Bureau (Israel), Tower Hamlets TIC, Turist Board of Cumbria* e *Vatican Tourist Information.* Aos outros prefiro agradecer pessoalmente.

Agradecimentos à edição brasileira: Paula Romano, Paulo Coelho Mendes, Eco Moliterno, Luli Radfahrer, Lígia Carriel e staff da Editora Planeta: César, Pascoal, Marcelo, Débora, Claudionor e Corina.

Este livro foi composto em *Myriad Pro* e *Flora*
Para a Editora Planeta do Brasil
Em Janeiro de 2006.